Henk van Goer

Hydraulische Grüße aus dem Jenseits

Henk van Goer

Hydraulische Grüße aus dem Jenseits

Kurzgeschichten und Lyrik

Bibliografische Information der Deutschen Nationalbibliothek: Die Deutsche Nationalbibliothek verzeichnet diese Publikation in der Deutschen Nationalbibliografie; detaillierte bibliografische Daten sind im Internet über http://dnb.dnb.de abrufbar.

Lektorat: Henk van Goer
Korrektorat: Henk van Goer
Weitere Mitwirkende: Henk van Goer

Verlag: BoD · Books on Demand GmbH, Überseering 33,
22297 Hamburg, bod@bod.de

Druck: Libri Plureos GmbH, Friedensallee 273, 22763 Hamburg

ISBN: 978-3-8192-0847-8

Inhaltsverzeichnis

Der Keltenwald 4

Münster, 7. April 2018 9

Der Gulag 11

Rea 1 26

Besoffene Wespen 27

Der Körpersarg 33

Nicht alltäglich 41

Der Vogel aus dem Nebel 43

Studieren 1 51

Pferdemord: Karl Heinz nimmt's persönlich 53

Ein Baum ist ein Mensch ist ein Stein 66

Im Wald 67

Wozu Gedichte schreiben? 71

Kommunismus im Sommer 72

Tamagotchi 78

Studieren 2 80

Varianten aus dem Leben III 84

Szenen aus der großen Zeit II 86

Varianten aus dem Leben I 90

Szenen aus der großen Zeit III 91

Rea 2 106
Szenen aus der großen Zeit IV 108
Weihnachtsmann gesucht 117
Moderne Zeiten 131
Der sterbende Greis 134
Der weise Hai 137
Insektenstrasse 13 149
Der Sprachaustausch 167
Der Teufel besucht ein Dorf 175
Diese kleinen Ratten 187
Omi auf Abwegen 193

DER KELTENWALD

Der Wald lag ruhig in der Abenddämmerung. Hier und da versuchten ein paar Vögel, die sich verspätet hatten, noch einen Unterschlupf für die Nacht zu finden. Andere Tiere wurden erst jetzt aktiv und raschelten im Unterholz. Der Vollmond verlieh dem aufziehenden Nebel einen silbrigen Schimmer. Doch eins war anders als sonst: Von einer kleinen Lichtung in der Mitte des Waldes drang ein schwacher Lichtschein in die Dunkelheit. Kinderstimmen schallten gedämpft zwischen den Bäumen. Wäre man näher herangeschlichen, hätte man ihre Gespräche belauschen können.

"Wie herrlich, dass wir doch noch hier zelten dürfen!" sagte ein großer, schwarzhaariger Junge. Er saß auf einem Stück Holz, hatte die Beine übereinandergeschlagen und starrte vergnügt in das Feuer, das in der Mitte der Lichtung prasselte. Zwei weitere Jungen waren im flackernden Licht zu erkennen. Alle drei hatten Brot auf Holzspieße gesteckt und hielten diese über die Flammen.

"Passt auf! Euer Brot wird schon ganz dunkel", rief der Schwarzhaarige seinen Freunden zu.

"Ist ja gut", murrte der blonde Junge, der rechts von ihm saß. Er schien die Lust am Zelten verloren zu haben, denn auf seinem Gesicht waren weder Begeisterung noch

Abenteuerlust zu erkennen. Der dritte, der mit den beiden am Feuer saß, war von kleiner Statur. Er genoss sichtbar die Atmosphäre und versprühte ungeheuren Unternehmungsgeist.

"Ich werde jetzt den Fisch in Alufolie einpacken, damit wir ihn endlich braten können", erklärte der dunkelhaarige Junge. "Und wir brauchen auch noch mehr Holz für's Feuer, wenn wir nachher nicht jede halbe Stunde losrennen wollen", bemerkte er und sah seine Kameraden an.

"Wer geht und holt welches?"

Der Blonde starrte weiter ins Feuer und drehte lustlos seinen Stock, während der Kleine gleich aufsprang.

"Ich gehe!" rief er.

"Hol aber möglichst viel. Es soll für den ganzen Abend reichen."

"Wird gemacht", erklärte sich der Kleine einverstanden und schon verschwand er aus dem Schein des Feuers im Wald. Einige Minuten hörte man ihn noch knacken und rascheln, dann war er offenbar schon zu weit weg. Der Blonde seufzte und betrachtete misstrauisch Mond und Nebel. Als er sich wieder dem Feuer zuwandte, stellte er fest, dass sein Brot mittlerweile verkohlt war.

"Los, hilf mir mal beim Fisch", sagte der Dunkelhaarige und sah ihn herausfordernd an. Der Blonde antwortete nicht, legte aber sein Brot zur Seite und trottete zu der Stelle, an der der Fisch mit Salz und Butter zubereitet wurde. Beide waren so in ihre Arbeit vertieft, dass sie nicht merkten, wie die Zeit verging.

Dann sah der Dunkelhaarige auf. "Wird langsam Zeit, dass Axel wiederkommt", bemerkte er. "Mach du hier mit dem Fisch weiter, ich werd´ nachsehen, wo er bleibt. Vielleicht will er uns ja nur erschrecken."

"Bleib aber hier in der Nähe. Mir ist der Wald nicht ganz geheuer", bat der andere und sah sich ängstlich um.

"Sei kein Schisser! Was soll schon passieren?" lachte der schwarzhaarige Junge, stand auf und ging in die Richtung, in die Axel verschwunden war.

Das Einzige, was den Jungen am Feuer nun mit dem anderen verband, war dessen Rascheln, Knacken und gelegentliches Rufen. Bald verstummte aber auch das. Eine Weile machte der Blonde noch mit seiner Arbeit weiter. Schließlich war er fertig, aber niemand war zurückgekommen. Wollten sie ihn erschrecken? Das erschien ihm wahrscheinlich; er war als "Angsthase" bekannt.

"Los ihr beiden kommt raus. Sonst können wir unser Essen bald wegwerfen", rief er mit belegter Stimme. "Macht keine Spielchen! Wir wollten doch hier am Lagerfeuer einen gemütlichen Abend verbringen!?"

Keine Antwort. Angst stieg in ihm auf. Schauer liefen ihm über den Rücken. Seine Ohren sausten. Etwas hatte ihn berührt. Es war nichts Konkretes, aber er bemerkte einen schwer definierbaren Unterschied in sich: Er verspürte das starke Verlangen, in den Wald zu gehen, wie seine Freunde es getan hatten. Langsam und wie in Trance schritt er vorwärts. Ihm wurde bewusst, dass die Richtung und der Weg, den er eingeschlagen hatte, nicht zufällig waren. Er wusste aus irgendeinem Grund genau, wohin er zu gehen hatte. Die anfängliche Angst war gewichen. Sein Körper fühlte sich dumpf und taub an.

Dunkelheit umschloss ihn. Dennoch konnte er sehen. Er erblickte einen Pfad, der zu einer Erhöhung führte. Niemals zuvor hatte er Ähnliches hier im Wald gesehen. (Es wäre ihm bestimmt aufgefallen!) Etwas rief ihn ohne Stimme. Es waren keine Worte, mehr eine unterbewusste Eingebung, die nicht aus ihm selbst stammte.

Je näher er kam, desto mehr wurde die Örtlichkeit von einem roten Licht erhellt. Er spürte viele heftige Emotionen und Veränderungen in sich und der Umgebung. Doch da war keine Angst. Beiläufig nahm er wahr, dass er jetzt andere Kleidung trug, dass seine Haare stark gewachsen waren und er ein gekrümmtes Messer in seiner rechten Hand trug. Die Tatsache, dass er nicht mehr allein war, bemerkte er kaum. Zu vertraut schienen ihm die weißgekleideten Gestalten, die einen Kreis um die Erhöhung bildeten. Bedächtig schritt er einige Stufen empor. Jetzt erkannte er deutlich einen Altar, auf dem zwei Menschen gefesselt lagen:

Seine Freunde. Sie regten sich kaum. In die Haut ihres Körpers waren merkwürdige Zeichen eingeritzt, ihre

Haare waren geschoren. Er empfand kein Mitleid mit ihnen. Aus irgendeinem Grund erschienen sie ihm anders als noch vor einer halben Stunde. Dinglicher. Er blickte in ihre flehenden, angsterfüllten Augen und konzentrierte sich ganz auf seine Aufgabe.

Dem Förster, der am nächsten Tag, die drei zuerst entdeckte, bot sich ein schreckliches Bild. Zwei tote Kinder lagen vollkommen blutleer auf einer Lichtung. Ein dritter Junge saß mit dem Rücken an eine mächtige, alte Eiche gelehnt und starrte in die Ferne. Er hatte lange, unordentliche Haare und trug ein weißes Gewand mit Kapuze, das den Förster irgendwie an Druidenkleidung erinnerte. Leider konnte der Junge nicht bei der Aufklärung des Verbrechens mithelfen: Er sprach in seinem Leben nie wieder ein Wort.

MÜNSTER, 7. APRIL 2018

Die Kiepe drückt den Kerl
Schon seit Jahren
Und jetzt schwitzt er auch noch in der Sonne
Er sieht die Geher, die sitzen,
Und die die Esser, die trinken,
Und der Kleinbus dreht seine Runden
Wieder und wieder
Wie ein Komet mit der Mission, die Welt zu vernichten.
Und die Augen des Fahrers sind grau
Auch da, wo sie weiß sind,
Mit jeder Runde werden sie dunkler
Und als das Grau in Schwarz übergeht,
Zerstört der Fahrer viele Welten.

Und ich?
Ich fahre keine Runden
Ich fahre gerade, zu schnell, zu aggressiv
Ich will meine Stadt verteidigen
Ich komme heran wie ein Ritter
Aber ich kann nichts tun
Außer meine rote Rüstung anzuziehen
Und zu warten

Derweil wabern Gerüchte von Ritter zu Ritter
Wie Nebel im Herbst
Und blaue Raupen kriechen mit lautem Wummern über
den Horizont
Von da aus wandern sie direkt in unsere
Hirnwindungen
Und lassen unsere Fantasie erblühen wie ein Lilienfeld
Und vielleicht war da
sogar etwas Grau in einigen Augen.
Und irgendwo wimmern Menschen
Sie tragen nun alle eine Kiepe
Die schwerer ist als ihr eigenes Leben
Eine Kiepe voller Leid
Eine Kiepe voller kleiner, unscheinbarer Gedenksteine.

DER GULAG

Wenn du glaubst, dass es schwer ist, Maulwürfe zu vertreiben, dann warst du nicht dabei, als ich im letzten Sommer gegen den Gulag angetreten bin. Deshalb werde ich es jetzt erzählen, damit du siehst, dass auch ich viel für den Garten getan habe.

Im August musste ich die meiste Zeit für die Zwischenprüfung lernen. Deshalb war ich nicht viel draußen, aber eine Sache fiel mir immer wieder auf: Ein unangenehmer Geruch am Teich. Zuerst dachte ich mir nicht viel dabei, ich war in den letzten zwei Jahren ja viel in Berlin gewesen und vielleicht war mir Altvertrautes fremd geworden.

Eines nachts schreckte ich aus dem Schlaf. Es war ziemlich hell im Zimmer, denn der Mond schien herein und ich stand schlaftrunken auf, um die Jalousie ein Stück weiter herunterzulassen, als ich es hörte: Es klang wie Platschen und Spritzen. Vorsichtig lugte ich hinter der Gardine in den Garten und konnte im Mondlicht sehen, wie sich das Wasser der Teichoberfläche kräuselte. Mit einem Mal spritzte es und ein Schatten tauchte auf. In diesem Moment hätte ich gerne ein Gewehr gehabt. Natürlich hätte ich nicht sofort geschossen, aber wenn sich nachts etwas Großes aus einem Gewässer erhebt, sollte man sich Sorgen machen. Ich dachte an Schlangen und Krokodile, in Wirklichkeit kam es mir jedoch eher wie ein Riesenfrosch vor. Was sollte ich nur tun? Meine Eltern ließ ich lieber schlafen. Stattdessen nahm ich das Schwert von der Wand und machte mich auf den Weg nach draußen. Als ich endlich vor dem Teich stand, war das Wasser so ruhig wie immer, nur der Gestank nahm mir fast den Atem. Reichlich verwirrt kehrte ich ins Bett zurück, immer darauf bedacht, keinen Lärm zu machen, um nicht noch jemandem erklären zu müssen, warum ich um diese Zeit im Garten herumspazierte.

Etwas weiter entfernt stand ein Mann im Schatten verborgen. Er beobachtete den jungen Mann, der an den Teich geschlichen war, mit einiger Sorge. Die Menschen in diesem Haus brauchten seine Hilfe, das stand fest. Nur wie sollte er sie von der Wahrheit überzeugen? Wie sollte er ihnen klar machen, dass sie in Gefahr schwebten und schnell etwas unternehmen mussten? Bis jetzt hatten ihn die meisten Betroffenen wie einen Bettler davongejagt und sich damit ihrem eigenen Untergang preisgegeben.

Der Mann steckte ein Bonbon in den Mund. Seit er sich das Rauchen abgewöhnt hatte, musste er ständig etwas lutschen. Vorsichtig ging er am Zaun entlang über die Felder. Er grübelte vor sich hin, bis er sein Auto erreicht hatte. Er stieg ein, ließ den Motor an und fuhr ohne Licht los.

Am nächsten Morgen hatte ich fast alles vergessen. Die Arbeit wartete und mein Kopf war voller Sorgen und Ärger wegen der bevorstehenden Prüfung. Am Nachmittag ging ich für eine halbe Stunde auf den Rasen, um meinen Kopf von der Anstrengung zu befreien. Ich legte mich ins Gras und im nächsten Augenblick war ich auch schon wieder auf den Beinen: Mein Hintern und mein Rücken waren klatschnass. Ich blickte mich um, konnte aber weder den Rasensprenger, noch sonst etwas entdecken, das die Feuchtigkeit erklärt hätte. Plötzlich wurde der Vorfall der letzten Nacht wieder sehr real. Ich näherte mich dem Teich. Mit jedem Schritt wurde der Geruch stärker und der Rasen matschiger. Zuletzt stand ich fast knöcheltief im Schlamm. Doch das Merkwürdige war: Der Teich war gar nicht so voll. Der Wasserspiegel schien eher niedriger als sonst zu sein.

In den folgenden Tagen fielen mir weitere unerklärliche Sachen auf: Der Rasen wurde immer feuchter und man konnte kaum noch darüber gehen, ohne nasse Füße zu bekommen. Zusätzlich waren alle Bäume im hinteren Garten mit dickem Moos und Algen besetzt und dann fing die Ostseite des Hauses an, grünlich zu schimmern.

Meine Eltern schienen das gar nicht zu bemerken. Wenn ich vorsichtige Andeutungen machte, wurde gesagt, dass ich aber auch pingelig sei oder ob mir vom vielen Lernen vielleicht die Augen schwach würden. Das hielt ich sogar selbst für das Wahrscheinlichste.

Dann passierte eines Abends etwas, das mir zeigte, dass ich Recht hatte. Ich schob mir gerade am Abendbrottisch eine Scheibe mit Leberwurst in den Mund, als es klingelte. Wir sahen uns an und ich sagte: „Wer ist denn das jetzt?"

„Bestimmt für dich", sagte mein Vater.

„Ich geh ja schon", sagte ich resigniert und stand seufzend auf.

Der Mann, der die Familie warnen wollte, beobachtete sie nun seit einigen Tagen. Er war sich sicher, dass der Sohn des Hauses bereits Lunte gerochen hatte. Jetzt wird´s langsam Zeit, dachte er, als er sich an diesem Abend auf den Weg machte. Er hatte sich ein Zimmer gemietet, denn er war in seinem Beruf viel auf Reisen. Mittlerweile kannte er die Gewohnheiten der Familie ziemlich gut und rechnete sich um kurz nach sieben die besten Chancen aus, den Richtigen an die Tür zu locken. Er bog in die Straße ein und parkte wenig später auf dem Grünstreifen. Kaugummi kauend spazierte er durch die Siedlung auf das Haus zu. Im Wohnzimmer brannte Licht, aber draußen war alles dunkel. Hoffentlich sehen mich die Nachbarn nicht, dachte er und schlüpfte in den dunklen Verbindungsgang. Dreimal atmete er tief durch, dann klingelte er und trat einen Schritt zurück. Es dauerte etwas, bis er jemanden hinter der Tür sehen konnte. Draußen ging das Licht an und ...

ich öffnete die Tür und hätte sie beinahe wieder zugeschlagen, denn da stand ein sehr merkwürdig aussehenden Kauz am Fuß der Treppe.

„N'abend“, sagte er.

„N'abend“, sagte ich. „Zu wem möchten Sie bitte?“

Mit einem Mal wurde der Typ ganz aufgeregt und stellte sich auf die erste Treppenstufe, was mich veranlasste, zurückzuweichen.

„Es ist wegen des Teichs“, raunte er. “Es ist sehr ernst, ich muss mit Ihnen sprechen. Ich weiß, dass Sie etwas gemerkt haben. Hier haben Sie meine Nummer. Wenn Sie Hilfe brauchen, rufen Sie mich an!“

Und schon huschte er davon, bevor ich sagen konnte, dass wir nichts kaufen wollten oder dass er verschwinden sollte. Ich betrachtete den Zettel in meiner Hand. Er hatte nichts Gefährliches an sich und so steckte ich ihn ein. Zu meiner eigenen Beruhigung stieg ich die Treppe runter und lugte um die Hausecke. Aber Nichts und Niemand waren zu sehen und auch nicht auf der Straße, als ich wenige Augenblicke später vor der Garage stand.

Der Mann saß im Dunkeln in einem Raum. Er kannte niemanden in dieser Stadt und auch sonst eigentlich nirgendwo. Seit er den Gulag jagte, hatte er Familie, Freunde und Bekannte verloren. Einer musste es ja machen. Es gab zwar noch andere Gulag-Jäger, doch insgesamt waren es so wenige, dass jeder einzelne von großer Wichtigkeit war. Er blickte durch die feine Gardine auf die Straße und sah Menschen in Gruppen mit dem Rad fahren. Er sah Autos eilig einem Ziel zustreben und viele andere Dinge, an denen er gern teilgenommen hätte.

Da schellte das Telefon. Endlich, dachte der Mann und nahm ab.

„Ja?" sagte er.

„Guten Abend! Sie hatten mir Ihre Nummer gegeben und jetzt habe ich ein paar Fragen", sagte eine Stimme.

„Ich hatte auf Ihren Anruf gehofft."

„Ich kann das Ganze nicht begreifen. Ich verstehe nicht, was hier vorgeht und, verzeihen Sie, aber ich kann Ihnen auch nicht trauen. Wenn jemand Unbekanntes abends an unserer Tür schellt, ist das nicht unbedingt eine gute Grundlage."

„Das mag sein, ich habe nur keine andere Wahl, als die Menschen auf die Gefahr aufmerksam zu machen..."

„Welche Gefahr? Was geht hier vor? Klären Sie mich bitte auf!"

„Es wird Ihnen schwerfallen, es zu glauben und trotzdem ist es die Wahrheit. Es ist ein Wesen, das die Menschheit bis jetzt nicht kennt. Wir nennen es Gulag und es nistet sich gerne in kleinen Siedlungen mit Häusern und Gärten ein. Wenn es nicht entdeckt wird, kann es zur Vernichtung des betroffenen Grundstücks oder der ganzen Straße kommen."

„Und wie kann man sich davon befreien?"

„Im Prinzip gar nicht. Am Anfang waren wir so gut wie machtlos. Wir haben alles ausprobiert und nichts hat geholfen. Und wir konnten ihn nur beobachten und studieren. Im letzten Jahr wurde endlich eine Methode entdeckt, die sich bis jetzt häufig als nützlich erwiesen hat. Wir nennen sie: DAS LACHEN..."

„Was soll das denn nun wieder sein und wer ist dieses wir?"

„Wir sind eine Vereinigung von Menschen, die Angehörige oder Freunde durch den Gulag verloren haben. Natürlich begegnet man sich meistens durch Zufall, aber mittlerweile hat sich ein Netzwerk in ganz Europa herausgebildet, das ständig miteinander in Kontakt ist und versucht, die Epidemie einzudämmen."

„Und DAS LACHEN?"

„Das ist eine Methode, die jeder Mensch erlernen kann und die das einzige Mittel darstellt, den Gulag zu vertreiben."

„Entschuldigen Sie", sagte die Stimme, „ich muss das Ganze erstmal verdauen. Es kommt mir schon sehr merkwürdig vor. Ich habe das Gefühl, reingelegt zu werden. Ob von Ihnen oder diesem Wesen... Ich weiß es nicht."

„Wenn Sie sich von der Richtigkeit meiner Angaben überzeugen wollen, müssen Sie folgendes tun: Springen Sie in Ihren Gartenteich. Da hat sich der Gulag eingenistet. Der Teich ist ja nicht sehr tief und Sie werden schon nicht ertrinken. Wenn der Gulag aber da ist, werden Sie ihn finden, das garantiere ich Ihnen... Und noch eine letzte Sache: Vertreiben müssen Sie ihn selbst, das kann nur jemand machen, der auf dem Grundstück wohnt."

„Na wunderbar! Gute Nacht."

„Gute Nacht."

Ich lag im Bett und dachte über das nach, was mir der Mann gesagt hatte. Es klang sehr vage. Es war so, als ob mir jemand nach all den Jahren plötzlich weismachen wollte, dass es den Weihnachtsmann gäbe. Auf der anderen Seite hatte ich diese vielen merkwürdigen Sachen in unserem Teich gesehen, die ich nicht verstehen konnte. Zum Teufel noch mal, ich hatte eine Zwischenprüfung zu bestehen, wie sollte ich da gleichzeitig gegen mystische Wesen kämpfen? Meine Gedanken schweiften wieder zur Empirischen Sozialforschung und ähnlichen Unannehmlichkeiten und ich wälzte mich schwitzend in einen nervösen Schlaf.

Beim Aufstehen hatte ich einen Entschluss gefasst: Ich musste die Sache mit dem Gulag schnell zu Ende bringen. So konnte es nicht weitergehen. Das alles lenkte mich zu sehr von meiner eigentlichen Aufgabe ab.

Fest entschlossen hatte ich mich in meinen schlechtesten Klamotten an den Teich gestellt. Ich starrte in das dunkle Wasser. Seit frühester Jugend hatte ich eine große Angst vor Unterwasserattacken von irgendwelchen grässlichen Tieren gehabt und jetzt sollte ich mitten in die Brühe springen. Bestimmt wurde ich bereits aus kalten Reptilien- und Insektenaugen gemustert und die kleinen Gehirne rechneten fleißig, für wie viele Monate ich Nahrung geben würde. Und da waren auch noch meine Eltern: Wie sollte ich denen erklären, dass ich in den Teich gefallen war? Die würden mich doch sofort als Kleinkind darstellen. Dann kroch aus dem Streberzentrum meines Gehirns die Frage, wann ich endlich mit dem Lernen anfangen wollte, in mein Bewusstsein und sofort sprang ich ins Wasser. Vielleicht konnte ich sogar so der Zwischenprüfung entgehen. Ich tauchte unter und allein dieser Umstand erstaunte mich, denn ich hatte den Teich für nicht tiefer als eins fünfzig gehalten. Oh doch, das war er. Ich sank immer weiter in die Brühe. Plötzlich zappelten meine Füße in einem anderen Medium. Sekunden später fiel ich ein Stück durch Luft und landete im Schlamm. Ich befand mich in einer Art Luftblase und konnte ganz normal atmen. Es war recht hell dort unten, was ich auf einen Linseneffekt der gewölbten Oberfläche zurückführte. Ich blickte mich um und da sah ich ihn: Den Gulag.

Er hockte auf einem Stein. Dicker, runder Kopf mit abstehenden Ohren und ohne Haare, breite Nase und blitzende Augen. Darunter ein fetter, kugeliger Körper mit langen Armen und Beinen. Das ganze Geschöpf war grünlich und schleimig und verbreitete eine Selbstzufriedenheit, die mich viel kränker machte als der Gestank, den es ausströmte. Wir sagten beide keinen Ton, doch plötzlich kam ein Grinsen in das Gesicht des Gulags. Er grinste und grinste und sein Mund wurde immer größer und immer mehr schwarze Stummelzähne wurden sichtbar. Das Grinsen schien weit über sein Gesicht hinauszugehen und bald sah ich überall nur diesen schrecklichen Mund.

„Lach du ruhig", sagte ich mit wenig Selbstvertrauen. „Wir wollen dich hier nicht und wir haben jemanden an der Hand, der dir dieses blöde Grinsen austreiben wird."

Er gab keine Antwort, sondern zeigte mir lediglich seine schwarzen Zähne. Wenn ich hier noch länger bleibe, dachte ich, werde ich irre. Ich kroch im Schlamm zur Außenwand der Blase, nahm einen tiefen Zug Luft und glitt ins Wasser. Während ich auftauchte, hatte ich immer noch das Grinsen vor Augen. Es ging auch nicht weg, als ich ans Ufer krabbelte und ums Haus schlich, um mich von meinen nassen Sachen zu befreien, ja ich sah es selbst noch, als ich stiller als sonst am Abendbrottisch saß. Ich musste etwas gegen diese Grinsebacke tun, sonst würde er uns alle zu Tode grinsen.

Und tatsächlich war es das, was der Gulag ununterbrochen tat. Er saß auf seinem nassen, kalten Stein und grinste in die Dunkelheit. Von der Decke der Luftblase tropfte es auf seinen Kopf. Die Tropfen liefen über seine schleimige

Haut den Nacken herunter auf den Rücken und tropften vom Hintern ab. Viele Tage hatte er nun so gesessen und gewartet, denn allein seine Anwesenheit verwandelte alles Schöne in Moder und Verwesung. Jetzt wurde es Zeit, zur zweiten Phase überzugehen.

Er rutschte vom Stein. Seine Füße verschwanden im Schlamm. Spritzend und schmatzend watete er zum Rand der Luftblase. Ohne Zögern brach er durch die Wasserfläche. Einen kurzen Moment orientierte er sich, dann schlug er mit den Beinen und tauchte nach oben.

Meine Mutter weckte mich früher als sonst.

„Was hast du denn gemacht?“ fragte sie.

„Was habe ich gemacht?“ fragte ich verschlafen und hatte überhaupt keine Ahnung, was sie meinte.

„Bist du heute Nacht in den Teich gefallen?“ fragte mein Vater, der mit einer Tasse Kaffee in der Tür stand.

„Hä? Was ist denn eigentlich los?“

„Guck dir das doch mal an...“, sagte meine Mutter und zeigte auf den Boden.

Ich drehte mich zur Seite. Der gesamte Teppich war nass und mit Stückchen von Wasserpflanzen und mit Schlamm bedeckt.

„Das war ich nicht, das ...“, versuchte ich die verfahrene Situation zu erklären und wusste sofort, dass es aussichtslos war.

„Ja? Wer war es denn dann? Ich glaub', du hast dich beim Lernen überanstrengt. Heute wird eine Pause eingelegt", sagte mein Vater.

„Damit hat es nichts zu tun. Ich weiß auch nicht, wie das da hingekommen ist. Wirklich, glaubt mir", versuchte ich es wieder.

„Ja, ja, alles klar."

Meine Eltern gingen aus dem Zimmer und man konnte ihnen ansehen, dass sie mir nicht glaubten.

Ich ließ mich wieder ins Bett zurückfallen. Verdammte Scheiße, dachte ich. Jetzt ist der schon ins Haus gekommen.

Und so rief ich den komischen Typen wieder an. Wir verabredeten uns für den Nachmittag und da fing ich an, DAS LACHEN zu lernen.

Unser Treffpunkt war ein naher Wald. Wir spazierten eine Weile und er sagte, ich sollte lachen und ich versuchte es, aber es kamen nur ein paar nutzlose Japser aus meinem Mund. Er machte es mir vor und zuerst war es, als ob er sich anstrengen müsste und es klang sehr gestellt, dann aber löste sich das Künstliche auf und er begann wohl wegen der Albernheit der Situation, richtig zu lachen und hörte nicht mehr auf. Er wälzte sich auf dem Waldboden in den Blättern und auch mich überkam die Heiterkeit und ich fing an zu lachen und bald lagen wir nebeneinander und wenn uns jemand gesehen hätte, hätte er den Krankenwagen gerufen. Als nach vielen Minuten das Prusten und Hipsen verklang, fragte er mich: „Weißt du jetzt, was ich meine?“

Ich sagte: „Ich weiß es ganz genau.“

Es ging bei DEM LACHEN darum, ein Lachen zu erschaffen, das sich selber am Leben hielt und das so viel positive Energie erzeugte, dass alles Schlechte und Böse in unmittelbarer Umgebung verschwinden musste.

Wir trafen uns nun jeden Tag im Wald und meine Eltern machten schon immer Bemerkungen, wie toll sie das fänden, dass ich so viel Zeit draußen in der Natur verbrachte und so fröhlich sei in letzter Zeit.

Bald schaffte ich es, von ganz alleine diesen Zustand seliger Fröhlichkeit zu erzeugen und mindestens ein halbe Stunde zu halten. Das kostete natürlich sehr viel Kraft, aber es machte auch Spaß. Eines Tages war ich dann so weit, gegen den Gulag anzutreten.

Natürlich hatte ich großen Schiss vor dem Finale. Wenn es mir nicht gelingen würde, gab es kaum eine Möglichkeit, unser Haus zu retten. Eine Begleiterscheinung eines Gulag-Befalls ist es auch, dass meistens niemand die Veränderung bemerkt, nur diejenigen, die an Geister und alles Übernatürliche glauben, sind dazu in der Lage.

Der Gulag-Jäger hatte mir ein paar gute Ratschläge gegeben und nun stand ich um kurz vor zwölf in der Nacht bibbernd vor unserem Gartenteich. Ich hoffte inbrünstig, dass mich niemand sähe. Noch schwerer als an dem Tag meines ersten Sprungs war es jetzt in der Dunkelheit. Mir war kaum zum Lachen zu Mute, ganz zu schweigen davon, einen Gulag totzulachen. Mehrmals wäre ich fast gesprungen, aber immer wieder schwang ich im letzten Moment zurück. Ich schaffte es nicht.

Plötzlich sagte jemand hinter mir: „Viel Glück!“ und stieß mich nach vorne. Mit einem erstickten Angstschrei fühlte ich mich in der Luft über dem dunklen Wasser schweben und schon eintauchen. Ich presste den Mund zusammen, um keine Wasserpflanzen zu verschlucken. Wie beim ersten Mal sank ich tiefer und tiefer und fiel auch wieder von der Decke der Luftblase in den Matsch. Da lag ich nun, nach Luft ringend mit allen möglichen Schlingpflanzen und Morast bedeckt in der Kälte und zitterte vor mich hin.

Es war so dunkel, dass ich kaum die Umrisse dieses widerlichen Geschöpfs erkennen konnte. Da blitzten die Zähne des Gulags auf. Es waren nicht mehr die schwarzen Stümpfe vom letzten Mal, sie waren rein weiß und auch das ganze Ungeheuer schien gewachsen zu sein. Da wusste ich, dass ich keine Chance gegen diese Macht hatte. Aber kampflos wollte ich nicht aufgeben. Ich sprang auf die Beine und schrie:

„Komm her, du mieses Stück! Ich mach´ dich alle! Glaubst du, ich habe Angst vor dir? Komm schon, du Feigling! Ich reiß´ dir alle Glieder aus!“

Und so schrie und tobte ich immer weiter, bis sich meine Stimme überschlug. Langsam wurde ich mir bewusst, was ich hier machte: Ich, ein Student, schrie wie irre ein gefährliches Monster auf dem Grund unseres Teiches in einer stinkenden Luftblase an. Da musste ich sehr lachen und kam richtig in Fahrt und lachte wie niemals zuvor. Durch meine mit Tränen gefüllten Augen konnte ich sehen, wie das Grinsen des Gulags immer kleiner wurde, dann wälzte ich mich im Schlamm und war lange nicht Herr meiner Sinne, bis ich merkte, dass die Blase sich zu heben begann. Ich versuchte zu erkennen, was vor sich ging und konnte den Gulag nirgends sehen. Die Blase erreichte die Wasseroberfläche und schleuderte mich mit einem Rülpser auf den Rasen.

Jemand trat an meine Seite. Es war der Gulag-Jäger.

„Gut gemacht! Leb wohl, ich werde woanders gebraucht."

„Vielen Dank!" sagte ich. „Und ich weiß nicht einmal Ihren Namen..."

Aber er war schon weg.

Ich drehte mich auf den Rücken. Während ich die Sterne betrachtete, atmete ich ein und aus. Ich räkelte mich im Matsch und kicherte noch lange in dieser Nacht.

REA 1

Blau
ist das Gesicht
des alten Mannes
in
einem Sessel
sitzt er
tot
seine alte Frau
weiß es nicht
Gehen Sie bitte raus
sage ich
dann knackt das Schloss der Tür
auf den Boden
mit dem Toten
Hemd zerreißen
Maske aufsetzen
dreißig Mal drücken
zwei Mal Luft
und
alles was dazu gehört
nach 40 Minuten sagt der Notarzt:
Lass gut sein, Junge.

BESOFFENE WESPEN

Ich hielt nicht viel von Tieren und Natur, jedenfalls nicht, bis mich meine Eltern in den Herbstferien aufs Land zu meinem Onkel und meiner Tante schickten. Als ich ankam, mochte ich weder meine Verwandten noch das ganze Grün und den Gestank. Ich musste im Garten und überall mitarbeiten, wollte aber lieber fernsehen oder am Computer spielen, auf jeden Fall nicht raus in die Natur.

Eines Abends machte ich wieder mal so eine Zwangsarbeit: Ich sollte Brombeeren pflücken. Es war eine ganz merkwürdige Stimmung da draußen. So etwas hatte ich der Stadt noch nie gespürt. Es war, als ob ein viel älteres Land mit dem Nebel aus dem Boden hochstiege und die moderne Welt überlagere. Die Sonne war gerade untergegangen und hatte den Westhimmel in hellem Rosa hinterlassen, das in den anderen Himmelsrichtungen langsam in allen möglichen Farbschattierungen über violett bis blau auslief. Je dunkler die Farben wurden, desto verwaschener und grauer erschienen sie. Man konnte zwar noch ziemlich weit sehen, aber der Dunst hüllte alles immer mehr ein. Die weiten Wiesen vor dem Haus meiner Verwandten schienen zu einem längst vergessenen Reich zu gehören. Ich hätte mich nicht gewundert, wenn plötzlich ein Ritter auf einem Pferd vorbeigeritten wäre.

Der Abend roch nach Feuer und Rauch. Es waren fast keine Geräusche zu hören, nur vereinzelt bellten Hunde auf entfernten Höfen und diese Laute schienen unzertrennbar mit der merkwürdigen Stimmung zusammenzuhängen. Vielleicht war das Gebell ein Zeichen von Schutz oder ein Zeichen von Gefahr, ich war nicht ganz sicher.

Da es auch kühler wurde, knüpfte ich meine Weste wieder zu und wandte mich erneut den blöden Brombeeren zu. Dauernd stach man sich an den Dornen oder musste Gruppen von Wespen verscheuchen, die an den Beeren nagten. Ich hatte schon zwei große Töpfe füllen können und ließ mir nun etwas mehr Zeit. Die gesammelten Früchte würden mehrere große Portionen ergeben und selbst meine verfressenen Cousins sättigen. Ich schubste eine Wespe von einem Blatt herunter und war auf einen wütenden Angriff gefasst. Stattdessen brummte die Wespe mit den Flügeln, als hätte sie einen Motorschaden und sauste mit einem Affenzahn in Richtung Gras. Dort rauschte sie ins Dickicht. Ich war etwas verwundert: War die krank gewesen?

Unter einem Blatt entdeckte ich drei Wespen, die sich an einer Beere zu schaffen machten. Ich beobachtete sie einige Augenblicke und mir fielen ihre trägen Bewegungen auf. Mit dem Finger berührte ich eine auf dem Hinterteil. Sie reagierte nicht. Ich streichelte ihr über die Flügel und den Kopf. Nichts. Ich schubste sie von der Beere weg. Diese Wespe machte sich nicht einmal die Anstrengung zu fliegen, sondern plumpste einfach ins Gras. Auch die anderen fielen in der gleichen Weise von der Beere, als ich den Zweig schüttelte. Als ich etwa weitere zehn Wespen zu Fall gebracht hatte, wurde mir alles klar: Die waren alle total besoffen! Die saugten den gegorenen Saft der faulen Beeren ein, als müssten sie sich über etwas hinwegtrösten. Ich hatte mal eine Film gesehen, in dem sich Affen an faulen Früchten berauschten. Dass das aber auch Wespen konnten, war mir neu.

Ich suchte nach weiteren Exemplaren, die ich ärgern konnte. Ein paar schnipste ich mit dem Finger in die Luft. Die meisten fielen einfach zu Boden, andere flogen in Schlangenlinien in der Gegend rum. Ich bezweifle, dass sie ihr Nest gefunden haben. Das würde morgenfrüh ein böses Erwachen geben! Ich stellte mir die kleinen Wespenköpfe mit dickem Kater vor.

Die restlichen Tierchen ließ ich in Ruhe und beobachtete sie nur. Viele saugten an den faulen Beeren, nur wenige waren damit beschäftigt vom Blatt zu fallen, ohne Orientierung in der Gegend herumzukriechen oder wirre Luftmanöver zu vollbringen.

Dann passierte etwas, das meine Einstellung zu Tieren grundlegend änderte: Ich beobachtete gerade eine Wespe, die schwerfällig zum Rand eines Blattes kroch. Ich freute mich, denn sie würde ohne Zweifel jeden Moment in die Tiefe stürzen. Das Tier erreichte den Rand des Blattes und klammerte sich hilflos mit seinen Beinchen an den Zacken fest. Gerade wollte ich mit dem Finger nachhelfen, da sah ich wie aus ihrem Mund ein kleiner Strahl Flüssigkeit kam. In krampfhaften Rhythmen kehrte der Strahl wieder. Dann war alles vorbei. Offensichtlich hatte die Wespe sich übergeben müssen. Ich streichelte ihr beruhigend über den Kopf. Ein wenig Beistand in so einer Situation hat jeder bitter nötig.

"Ist schon gut, kleine Wespe", sagte ich mit sanfter Stimme, "ist ja wieder gut."

Ihr müder Kopf schien sich in meine Richtung zu heben.

"Lanke!", sagte die Wespe, die offensichtlich vom Saufen schon Probleme mit dem Sprechen hatte und schickte einen Strahl hinterher.

Ich drehte mich um. Irgendeine Ausrede würde mir schon einfallen. Meine Cousins hatten mich offenbar dabei erwischt wie ich, der Stadtbubi, mit den Tieren sprach. Aber da war niemand. Ich sah mich immer wieder um. Sollte das heißen, dass die Wespe mit mir gesprochen hatte? Ich sah wieder auf das Blatt, aber sie war nicht mehr da.

Endlich hatte ich wieder eine gute Beere gefunden, auf der sich einige Wespen vergnügten. Und nochmals passierte das Unglaubliche: Eine zog ihren Kopf aus der Beere.

Er war ganz mit rotem Saft verschmiert und triefte nur so. Die Wespe taumelt ein wenig hin und her, dann sprühte es aus ihrem Mund. Die ganze Ladung traf eine andere Wespe, die zuerst gar nicht zu reagieren schien.

"Ups! Schuldigung", sagt die Wespe, die gekotzt hatte.

"Wassissen passiat?", fragte die andere.

"Ich mussde mich ma übergem. Schuldigung."

"Du hass mia die gansen Flügl vaklebd, du Ssau."

"Ich mach sse auch wiea ssauba."

"Nimm bloss deine Pfotn da weg. Ich hab meine Flügl letssde Woche extra neu wachssen lasssen. Hat 'nen heidn Geld gekostet."

"Ich bezahl Dir auch alles. Tut mir echt leid, mein Kopf wird schon wieder klarer."

"Weisssd Du wass dass Wachsss gekosssded hat? Dasss war extrem teua! KANNSSS DU GAR NICH BESSAHLEN!"

"Steck Dir mal auch lieber den Finger in den Hals. Danach fühlt man sich viel besser."

"DASS KANNSSSU GANICH BESSSAHLEN!"

"Ich werd es schon bezahlen. Komm wir gehen jetzt mal kotzen."

"Lasss mich in Ruhe. Ich hab 'nen viel längern Stachl als DU!"

"Das wollen wir doch mal sehen."

"DASS KANNSSE HABEN! STACHELVAGLEICH! JETTSSS SSSOFOAT, AUF'N TISCH!"

"Nein, lass uns lieber kotzen gehen. "

"Quadsss. Jesss hia oda nie! Hol ihn raus!"

"Nein, ich hau ab. Das wird mir zu blöd. Wir sehen und morgen bei der Frühschicht."

"Hau doch ab, du alta Vasaga! Lasss Dich blosss nich mea blicken! HASSSE DASS KAPIAT?"

Die andere Wespe machte sich aber schon auf den Heimweg, während die besoffene noch etwas sabbelte und dann stumm wieder ans Saufen ging. Ich setzte mich rückwärts ins Gras. Kein anderes Erlebnis in meinem Leben hatte mich dermaßen umgehauen. Tiere und Menschen waren sich im Grunde doch sehr ähnlich. Ich stand auf, packte meine Schüsseln zusammen und ging durch das immer dunkler werdende Dämmerlicht zum Haus hinüber. Ich fühlte mich beruhigt und fröhlich: Es steckte doch ein Sinn hinter allem!

DER KÖRPERSARG

Man soll nicht schlecht über die Toten reden. Manchen mag diese Volksweisheit vielleicht etwas einfältig erscheinen. Was sollen die denn schon tun, die Toten? Ich jedenfalls halte mich daran und betrete jeden Friedhof mit dem nötigen Respekt, denn was einem meiner Freunde in jungen Jahren passiert ist, sollte uns allen Warnung sein.

Vor langer Zeit an einem Sonntag war er mit seiner frisch Angetrauten nach dem Mittagsschlaf zu einem Spaziergang aufgebrochen. Beide waren verliebt und guter Stimmung. Sie gingen redend und lachend die damals noch wenig befahrene Hauptstraße entlang, als sie plötzlich vor der hohen, dunklen Hecke standen, die den Dorffriedhof umgab. Ihr Lachen verstummte einen Augenblick, war aber Sekunden später wieder vernehmbar. Junge Leute haben oft wenig Respekt oder Sorgen.

Sie kamen überein, einen Abstecher auf den schattigen Friedhof zu machen. Das war nicht nur eine willkommene Abkühlung von der Hitze, sondern sie konnten auch das Grab eines Bekannten, das sie schon immer einmal hatten besuchen wollen, aufstöbern. Sie öffneten das große, gusseiserne Tor und traten in den Schatten der mächtigen Eichen, Ulmen und Buchen. Da sie nicht den leisesten

Schimmer hatten, wo sich das Grab befand, schlenderten sie zwischen den Steinen und Kränzen hin und her und lasen sich gegenseitig Namen und Lebensdaten der Toten vor. Nach und nach kamen sie zu den neueren Grabstätten. Dann rief mein Freund seine Frau zu sich: Er hatte den Stein des gemeinsamen Bekannten gefunden. Sie standen schweigend davor. Es war schwer, sich das gesamte Ausmaß seines Todes vorzustellen. Er war so plötzlich aus ihrem Leben verschwunden, dass sie ihn vollkommen vergessen hatten. Er hatte eine Lücke hinterlassen, aber eine sehr kleine. Und die hatte sich schnell geschlossen. Jetzt lag er zwei Meter unter der Erde und war vielleicht schon von Würmern zerfressen.

Eigentlich hatten sie ihn auch nie so richtig gemocht und eigentlich hatten sie ihn überhaupt gar nicht vermisst, begannen sie sich zuzuflüstern. Schnell war ihre Scheu verschwunden und sie unterhielten sich laut über diesen Großkotz. Vielleicht war es sogar besser, dass er nicht mehr da war. Er hätte ja nicht sterben müssen, er hätte auch ins Ausland ziehen können. Irgendwohin, von wo er sie nicht mehr belästigen konnte. Der Friedhof war im Grunde aber nicht die schlechteste Lösung.

Mein Freund erinnerte sich, dass er ihm mehr als einmal die Pest an den Hals gewünscht hatte und das tat er nun auch wieder, allerdings etwas leiser. Zu allem Überfluss pflückte er seiner Frau Blumen vom Grab. Sie war zuerst nicht einverstanden, dann aber freute sie sich an dem leichten Gruseln.

Beide verließen die Grabstätte, um ihren Spaziergang fortzusetzen. Als sie schon einige Schritte entfernt waren, drehte sich mein Freund noch einmal um und spukte in einem wunderbaren Bogen auf den Grabstein. Er traf genau auf den Namen seines Bekannten. Dann wandte er sich wieder seiner Frau zu. Zusammen verließen sie den Friedhof.

Was er nicht mehr sah, war, wie der Speichel den Grabstein hinunterlief, aber nicht bis ganz auf die Erde kam, denn vorher verdampfte er. Es blieb nur eine schleimige Spur wie von einer Schnecke auf dem Marmor zurück. Der Stein indessen wurde so heiß, dass alles Moos auf ihm verbrannte.

Die beiden Jungverheirateten beendeten ihren Spaziergang. Zu Hause aßen sie Abendbrot und gingen früh ins Bett. Nach der vielen frischen Luft waren sie sehr müde.

Am Morgen stand die Frau meines Freundes auf und machte Frühstück. Beide hatten sich freigenommen und konnten lange schlafen und gemütlich frühstücken. Als sie zurückkam, schien mein Freund immer noch zu schlafen. Sie versuchte, ihn zu wecken. Er hatte die Augen geöffnet, reagierte aber nicht. Sie rüttelte ihn. Sie schrie ihn an. Sie schlug ihm ins Gesicht und weinte auf seiner Brust. Er zeigte keine Reaktion. Dann lief sie zum Telefon und rief den Rettungsdienst an, der auch schnell kam. Mein Freund wurde mit Verdacht auf Schlaganfall ins Krankenhaus gebracht. Sie blieb die ganze Zeit bei ihm und selbst in der Nacht nach allen möglichen Untersuchungen wollte sie nicht gehen. Doch die Schwestern schickten sie nach Hause. Lange Zeit saß sie im Auto auf dem Parkplatz des Krankenhauses und weinte. Sie sah ihr Glück und Leben in Scherben am Boden liegen.

Mein Freund hatte andere Sorgen. Er war am Morgen mit einem sonderbaren Gefühl aufgewacht. Er wusste nicht, wo er war. Zuerst dachte er, er läge in einem Schlafsack. In der Höhe seines Kopfes waren zwei Löcher, durch die Licht hereinkam. Als er etwas wacher geworden war, wurde ihm jedoch bewusst, dass er in etwas anderem steckte. Es war warm und fest, aber auch elastisch. Es war wie ein zu großes Kostüm. Es war dunkel darin und er bekam schreckliche Platzangst. Was war nur geschehen? Er versuchte, sich zu drehen. Das gelang nur zum Teil. Er versuchte, die Arme aus dem Ärmeln des Kostüms zu ziehen. Sie kamen wirklich ein Stück heraus. Dennoch hatte er kein Gefühl mehr in den Armen und sonst auch nirgendwo im Körper. Wo, zum Teufel, war er? Es musste ein Alptraum sein. Es gab keine andere Erklärung.

Dann konnte er Bewegungen durch die beiden Löcher vor seinem Gesicht sehen. Es war seine Frau. Sie sprach zu ihm. Er konnte alles verstehen. Er wollte antworten. Es ging nicht. Seine Frau rief nun lauter und schrie zuletzt richtig. Er schrie zurück, nur waren diese Schreie nicht hörbar. Seine Frau packte das Kostüm, das er trug und schüttelte es. Ihm wurde schwindelig. Nicht wegen des Kostüms, sondern wegen irgendetwas anderem war sie so aufgeregt. Durch die Löcher sah er vage, wie seine Frau ins Telefon schrie. Sie knallte den Hörer auf.

Es begann wie ein leichtes Ziehen in seinen Füßen. Dann schoss es ganz durch ihn hindurch: Die Gewissheit, dass er nicht träumte, die Gewissheit, dass er wach war, die Gewissheit, dass er in seinem eigenen Körper steckte, aber irgendwie geschrumpft war. Er steckte in seinem Körper wie in einem Sarkophag und wusste nicht, was er nun tun sollte. Er schrie vor Angst und Entsetzen. Er schrie so lange, bis er in einen Zustand der Ohnmacht hinüberdämmerte.

Als er wieder zu sich kam, sah er durch seine Augen ein fremdes Zimmer. Auf einem Stuhl am Bett saß seine Frau. Sie streichelte seine Stirn. Er konnte es nicht spüren. Kurz davor aus lauter Angst dem Wahnsinn zu verfallen, riss er sich einen Moment zusammen. Er presste sein Gesicht an die Innenseite seines körperlichen Gesichts. Er versuchte zu sprechen. Natürlich geschah zuerst nichts, dann aber glaubte er ein Krächzen zu hören, das nicht von seiner Frau kam. Diese war aufgesprungen und redete wie wild auf ihn ein. Er versuchte es immer wieder. Schließlich konnte er hören, dass er „Grab" gesagt hatte. Noch mal hörte er „Grab" und dann „sauber". Er presste mit aller Kraft, aber seine Energie reichte nicht mehr. Er fiel zurück in einen erneuten Dämmerzustand.

Die Frau meines Freundes hörte ihren Mann krächzen und sprang voller Hoffnung auf. Das Gesicht glich einer Maske. Darunter schien sich etwas zu bewegen. Sie ermutigte seine Sprechversuche. Doch mit den Worten, die aus seinem Mund kamen, konnte sie nichts anfangen. Sie rief eine Schwester und den Arzt herbei. Ihr Mann regte sich nun nicht mehr und lag wie vorher vollkommen apathisch in seinem Bett. Der Arzt beruhigte sie und schickte sie nach Hause, damit sie nicht noch einen Nervenzusammenbruch erleiden würde.

Niedergedrückt von ihrem Unglück schloss sie die Haustür auf. Wie konnte sie ihrem Mann nur helfen? Und was sollten diese komischen Worte bedeuten? „Grab" - „sauber" Sprach ihr Mann von dem Spaziergang am vergangenen Sonntag? Oder sah er sich schon im Grab und wollte sauber beerdigt werden? Das war einfach absurd! Da sie sowieso nicht wusste, was sie machen sollte, wollte sie wenigstens einer Bedeutungsmöglichkeit seiner Worte nachgehen.

Als sie die Klinke des großen Friedhoftores in der Hand spürte, übermannten sie erneut Trauer und Entsetzen. Zog sie mit diesem Besuch nicht geradezu den Tod an? Doch sie konnte absolut nichts mit den seltsamen Worten ihres Mannes assoziieren als den Friedhof und das Grab, das sie am Sonntag besucht hatten. Sie fand die Ruhestätte schnell wieder. Eine leichte, glänzende Spur zog sich quer über den Stein. Nein, hier konnte sie die Lösung bestimmt nicht finden. Kopfschüttelnd wandte sie sich ab und ging einige Schritte, bevor ihr bewusst wurde, dass alles Moos an dem Grabstein verbrannt war. Sie sah noch einmal zurück. Sehr merkwürdig! Ihr kam ein Gedanke: Sie konnte Gott darum bitten, ihren Mann wieder gesund zu machen und als Zeichen ihrer Bitte das ungeschehen machen, was gestern hier passiert war.

Ein halbe Stunde später stand sie wieder am Grab. Diesmal hatte sie einen Eimer mit Wasser und Seife dabei, außerdem neue Blumen und eine Kerze. Sie machte sich an die Säuberung des Steins. Zuerst wischte sie den hellen Streifen ab, dann polierte sie jede Seite des Steins so gründlich, dass er richtig glänzte. Sie grub die abgebrochenen Blumen aus, pflanzte die neuen ein und hakte das Grab. Als letztes zündete sie die Kerze an. Sie kniete nieder. Sie bat Gott, ihren Mann wieder gesund zu machen und ihnen ihr Verhalten an diesem Grab zu verzeihen. Dann weinte sie lange.

Sie trat ins Haus und der Anrufbeantworter blinkte. Die Nachricht war vom Krankenhaus. Eine Schwester sagte, dass es ihrem Mann besser gehe und er zu sich gekommen sei.

Einige Wochen später erzählte mir mein Freund seine Geschichte. Im Krankenhaus war er schließlich aufgewacht. Er war sehr benommen gewesen und doch war er wieder er selbst und steckte in nichts drin. In dem Augenblick, in dem er aus dem Krankenhaus entlassen worden war, war er zum Friedhof gefahren. Am Grab hatte auch er um Verzeihung gebeten. Heute glaubt er, dass der zornige Geist des Toten seine Seele hatte schrumpfen lassen, so dass er in seinem eigenen Körper wie in einem Sarg gefangen gewesen sei. Egal, was er glaubt, ich jedenfalls bin immer sehr vorsichtig, wenn ich auf den Friedhof gehe.

NICHT ALLTÄGLICH

grelles
Licht
blendet meine
verkrusteten Augen
müde
und sauer
und unkonzentriert
bin ich
kenne keine Professionalität mehr
bin erschöpft
und ausgelaugt
und empfinde
kein Mitleid
empfinde nur
Ärger
wegen des Einsatzes
weil ich nicht schlafen kann
weil es der Vierte ist
in dieser Nacht

Mir gegenüber stehen
und liegen die anderen

dann immer
und ärgern sich nicht
sie haben Angst
und Schmerzen
und andere Probleme
für sie ist heute kein Alltag

Ich weiß
ich müsste ihnen beistehen
medizinisch
mental
wie sonst jedem auch
aber es ist anders
als noch am Nachmittag
denn wir sind
nur
noch
Menschen
wenn wir uns
begegnen
um vier Uhr morgens

DER VOGEL AUS DEM NEBEL

Es gab irgendwas zu tun und natürlich musste ich Tobi dafür auf einen einsamen Bauernhof bringen, der schon bei strahlendem Sonnenschein nicht einfach zu finden gewesen wäre. Jetzt aber war es dunkel und auch noch so neblig, dass man extrem aufpassen musste, nicht im Straßengraben zu landen. Eigentlich mag ich ja diese dunstigen Herbstabende. Man dreht die Heizung voll auf, schaltet das Radio ein, macht die Türknöpfe runter und...

„Vorsicht!" schrie Tobi und in diesem Moment bemerkte ich das Reh, das da mitten auf der Straße stand.

„Mist!"

Ich stieg voll in die Eisen. Gott sei Dank war es nicht glatt und wir schlitterten relativ gerade auf das Reh zu. Plötzlich macht es einen Satz und war weg. Ich kam zum Stehen.

„Gut gemacht", lobte mich Tobi.

„Naja, ich sollte lieber weiterkommen, sonst kracht mir noch jemand hinten drauf", sagte ich, drückte den ersten Gang rein und fuhr los.

Das hätte mir noch gefehlt: Wegen irgend so einer sinnlosen Beschäftigung den Wagen zu Schrott fahren.

„Was wollen wir eigentlich bei diesem Bauern? Ist das so wichtig, dass wir heute da noch unbedingt hinmüssen?" wollte ich wissen.

„Superwichtig!" erklärte Tobi. „Mein Vater hat in der ehemaligen DDR wieder alle möglichen Schilder von kaputten Häusern abgeschraubt. Dic haben jetzt die ganze Zeit beim Bauern gelagert und wir müssen sie abholen, bevor sie verrosten."

„Na, spitze! Und wozu braucht dein Vater die Schilder?"

„Keine Ahnung. Manchmal hängt er welche in seinem Arbeitszimmer auf."

„Klasse, einfach klasse! Kann man die nicht an einem vernünftigen Tag abholen oder muss das unbedingt ..."

„Vorsicht!"

Im selben Augenblick hatte ich es auch schon gesehen. Alles lief wie in Zeitlupe ab. Von rechts war ein ziemlich großer, heller Vogel auf die Straße geflogen. Er bewegte sich sehr langsam. In der Mitte der Fahrbahn wandte er seinen Kopf plötzlich zum Auto und sah uns erschreckt an. Dann klatschte er auf die Windschutzscheibe und war verschwunden. Ich trat Kupplung und Bremse. Wir drehten uns einmal um die eigene Achse.

„Was war das denn für ´ne Scheiße?" schrie ich und setzte den Wagen wieder in Gang.

„Hast du auch den Geier gesehen oder spinn´ ich jetzt?" wandte ich mich an Tobi.

„Ich hab keine Ahnung, was das war. Wir sehen besser mal nach."

Ich drehte, fuhr rechts ran und schaltete das Warnblinklicht ein.

„Schon dabei", sagte ich, während ich mich vom Gurt befreite und die Tür aufmachte. Draußen war es unerfreulich kalt. Ich machte meine Jacke zu. Tobi war auf der Beifahrerseite ausgestiegen.

„Wo ist der hin?" fragte ich.

„Lass uns ein Stück zurückgehen, vielleicht liegt er auf der Straße oder im Graben."

Ich machte den Motor aus, ließ das Licht aber an. Dann folgte ich Tobi, der schon etwas vorausgegangen war.

„Siehst du ihn?" rief ich ihm zu.

„Hier ist was."

Ich legte einen Schritt zu. Schließlich stand ich neben Tobi und wir hörten ein Rascheln im Straßengraben. Wir gingen näher ran.

In diesem Moment tauchte ein Auto aus dem Nebel auf. Es schleuderte etwas, als es uns sah, hupte und war schon vorbei.

„Es ist der Geier", sagte Tobi.

Ich beugte mich über den Graben. Tatsächlich lag da dieser große Vogel und versuchte, sich aus dem Gestrüpp zu befreien.

„Sollen wir die Polizei rufen?" fragte ich.

„Was sollen die denn schon machen?"

„Naja, vielleicht gibt es sowas wie einen Tiernotdienst und der kann dem Vogel helfen. Wir können ihn auf jeden Fall nicht einfach liegenlassen."

„Natürlich nicht!"

Wir standen eine Weile rum und überlegten. Mit einem Mal hörte der Vogel auf, sich zu bemühen und sagte: „Steht da nicht so dumm rum. Ihr seht doch, dass ich Hilfe brauche."

„Äh, was bitte?" fragte Tobi.

„Na, wie ihr seht, komme ich hier nicht allein raus. Ich glaub', ich hab mir den Flügel gebrochen. Also, helft mir schon!"

Ich überlegte einen Moment.

„Hast du mir vorhin eigentlich LSD in den Saft getan, Tobi?" fragte ich.

„Red keinen Scheiß. Ist doch gut, wenn der Vogel sagt, was er hat. Dann brauchen wir wenigstens nicht mehr lange zu überlegen", war seine Antwort.

Entweder war ich irre oder ich hatte es hier mit zwei Irren zu tun. Auf jeden Fall wusste ich, dass man zu gefährlichen Geisteskranken niemals „Nein" sagen soll. Also stieg ich zu Tobi in den Graben runter und half ihm, den Vogel zu befreien. Das Biest stank entsetzlich und guckte mich die ganze Zeit herausfordernd dämlich an. Wir setzen ihn auf die Straße.

„Worauf wartet ihr?" fragte der Geier. „Glaubt ihr, ich kann in diesem Zustand laufen?"

Der Vogel wog bestimmt an die zwanzig Kilo.

„Das ist deine Aufgabe", sagte ich zu Tobi. „Du bist schließlich sein Freund."

„Dann mach wenigstens den Kofferraum schon mal auf", motzte er und beugte sich nach unten, um das stinkende Tier aufzuheben.

„In den Kofferraum?" fragte der Geier entrüstet.

„Jetzt reicht's mir aber!" rief ich vom Auto rüber. „Willst du vielleicht auch noch fahren?!"

Der Geier machte sowas wie „Pfff" und guckte beleidigt in die andere Richtung. Dann kam Tobi mit ihm an. Ich hatte inzwischen einige Decken ausgebreitet, die wir für solche Notfälle immer im Auto haben. Tobi setzte den Vogel rein und klopfte seine Kleidung sauber, die voller Federn und Straßendreck war.

„Nichts wie weg hier", sagte ich und knallte die Heckklappe zu. Ich sprang auf den Fahrersitz. Tobi stieg auf der anderen Seite ein.

„Und wohin jetzt mit dem Vogel?" fragte er, während ich anfuhr.

„Na, zu eurem Bauern. Wenn der Schilder aus der DDR lagern kann, kann er auch einen neunmalklugen Geier 'ne Zeitlang beherbergen."

„Ich weiß nicht. Was soll der denn mit ihm machen?"

„Ich kann jedenfalls nicht die ganze Nacht Geier und Schilder durch die Gegend fahren. Wir lassen den Stinker einfach bei dem Bauern und dann wird sich schon was finden. Der kennt bestimmt einen, der was von Vögeln versteht."

„Erstmal müssen wir die Schilder abholen."

„Das machen wir ja gerade... Auf der anderen Seite: Du weißt, was man mit angefahrenen Tieren macht? Für die meisten ist der Tod eine Gnade", grinste ich in den Rückspiegel.

„Denkt nicht mal dran!" drohte der Geier.

„Vorsicht!" schrie Tobi und ich riss meinen Blick von dem beleidigten Vogel auf die Straße vor mir. Ich konnte es einfach nicht glauben: Da war schon wieder was auf der Fahrbahn. Kurz vor einem Typen kamen wir ruckelnd zum Stehen. Und da präsentierte sich mitten im Scheinwerferlicht so was von einem wilden Kerl, dass uns ganz angst und bange wurde. Er war wie ein altmodischer Bauer gekleidet mit einem schlaffen Hut auf dem Kopf. Unter den rechten Arm hatte er ein zweiläufiges Schrotgewehr geklemmt, in der linken Hand hatte er die Leinen von zwei Hunden, die sich wie verrückt gebärdeten und bellten. Am schlimmsten aber war sein Gesicht. Das bestand fast vollständig aus Haaren, die vom Kopf in die Stirn fielen, vom Bart fast den gesamten Rest bedeckten und von den Brauen seine Augen beschatteten. Die allerdings glühten wie Rückscheinwerfer.

„Allmächtiger!" sagte ich.

Der Typ verzog das Gesicht.

„Quatsch mir hier nicht von Gott und gib meinen Geier raus", rief er.

Ich machte langsam den Gurt los und sah Tobi an. Dem ging es nicht viel besser. Gerade wollte ich ihn fragen, ob ich die Gestalt vielleicht einfach über den Haufen fahren sollte, da schrie der Typ: „Mach ja keinen Scheiß. Ich hab dich genau im Visier. Gib mir jetzt den Geier, und zwar plötzlich."

Sofort war ich draußen und hinten an der Heckklappe. Als ich sie öffnete, hatte sich der Geier so gut es ging verkrochen.

„Ich will nicht", sagte er.

„Das interessiert mich nicht. Raus da jetzt. Der Typ meint es ernst und er hat eine Flinte."

„Weißt du denn nicht, wer das ist?"

„Nein, und es ist mir auch egal. Raus jetzt! Ich hab keinen Bock wegen eines stinkenden Vogels abgeknallt zu werden."

„Schönen Dank auch!" sagte der Geier. Er richtete sich auf, sprang auf den Rand des Kofferraums und dann auf die Straße. Mühsam watschelte er um das Auto herum nach vorne.

„Komm schon, Geier", sagte der wilde Typ und drehte sich um. Er zog seine Hunde hinter sich her und ging in den Nebel los. Der Geier sah sich noch einmal resigniert zu uns um, während er hinter seinem Herrchen her watschelte. In wenigen Augenblicken waren sie im Nebel verschwunden. Ich machte die Heckklappe zu und stieg vorne ein. Ich fuhr wieder los.

„Mir tat der Geier leid", sagte Tobi. „Vielleicht hätten wir ihn nicht ausliefern dürfen."

„Ja, vielleicht. Aber vielleicht wird ihm bei dem Typen auch besser geholfen, als wir oder sonst jemand das gekonnt hätten."

Dann fuhren wir endlich weiter, um die Schilder abzuholen. Der Herbst ist schon manchmal komisch in Westfalen!

STUDIEREN 1

Ich schreie
die Wände an
versuche mich
abzulenken
sehe tagelang
fern
und suche in
den Bildern nach
einer Antwort
höre Radio
und Hörspiele
tauche in andere
Welten ab
Nur unter
der Dusche
und im Bett
fühle ich mich
wohl
starre bei
Tag
und Nacht
auf die Stadt

lese in Büchern
und frage
Menschen
und niemand und nichts
kann mir
helfen
zu entscheiden
wie mein
Leben
wird.

PFERDEMORD: KARL HEINZ

NIMMT'S PERSÖNLICH

"Na endlich", dachte Detektiv Karl Heinz und setzte in der Parklücke zurück. Dabei krachte er mit seinem Polo so in das hinter ihm stehende Auto, dass ihm die Zigarette aus dem Mund fiel und unter den Sitz rollte. Ohne sich aus der Fassung bringen zu lassen, schoss er mit quietschenden in den Verkehr, immer dem Verdächtigen im grünen Opel hinterher. Karl Heinz schlängelte sich über die Fahrbahn. Mit der einen Hand lenkte er, mit der anderen angelte er unter dem Sitz nach der Zigarette.

"Scheiße!"

Fluchend zog er seine Hand zurück: Die Fußmatte hatte Feuer gefangen und der Wagen füllte sich mit Rauch. Karl Heinz kurbelte das Fenster runter. Er konnte den Verdächtigen schon nicht mehr sehen. Hustend wischte er sich mit dem Ärmel die Tränen aus den Augen. Als die Flammen an den Seiten des Sitzes loderten, wurde seine Hose sehr warm. Karl Heinz griff seine Thermoskanne und goss den Kaffee unter den Sitz. Dann schüttete er noch einen halben Liter Milch hinterher.

Das Feuer war aus. Dafür schwamm jetzt der Boden des Wagens. Während er mit rutschigen Füßen Gas und Bremse betätigte, hielt Karl Heinz nach dem Verdächtigen Ausschau. Er langte zum Beifahrerfenster und kurbelte es ebenfalls runter. Langsam konnte er wieder klarsehen und entdeckte den Opel drei Autos vor sich. Karl Heinz war erleichtert. Er zündete sich eine neue Zigarette an: So ließ es sich arbeiten. Als er gerade das Radio anstellte, zog der Opel scharf auf die Rechtsabbiegerspur. Karl Heinz schnitt einen Schweinetransporter und jagte hinterher. Der Verdächtige hatte wohl was gemerkt und gab Gas. Karl Heinz schaltete in den Dritten runter. Er warf die Zigarette aus dem Fenster. Der Opel fuhr über mehrere rote Ampel. Doch der Detektiv blieb ihm eisern auf den Hacken. Sie kamen auf eine Landstraße. Der Opel entfernte sich. Karl Heinz reizte den dritten Gang bis 110 aus. Der Krach war ohrenbetäubend.

Fluchend fuhr er rechts ran. Er sprang aus dem Auto und schrie dem Opel hinterher: "Ich kriege Dich, Du dummes Arschloch. Ich mach Dich alle."

Er trat gegen die Reifen des Polos und stieg zeternd wieder ein. Er drehte und fuhr in Richtung seines Stammlokals. Wie immer parkte er auf dem grünen Randstreifen an der Straße. Drinnen war nichts los. Der dämliche Spielautomat machte Musik und der Wirt saß hinter der Theke und las Zeitung.

"Mach mir 'nen Bier und 'nen Korn", sagte Karl Heinz.

"Wie geht's denn dem besten Schnüffler aller Zeiten?" fragte der Wirt lachend. Er zapfte das Bier. Während der Schaum sich setzte, machte er den Klaren fertig. Er stellte ihn vor Karl Heinz.

"Beschissen. Mir ist gerade der Pferdemörder durch die Lappen gegangen."

"Hinter dem bist Du her?"

Karl Heinz kippte den Korn runter und knallte das Glas auf die Theke.

"Noch einen", sagte er. "Klar bin ich hinter dem her. Glaubst Du, die Bullen können den schnappen? Das kann nur ein Insider."

Das Bier war fertig. Der Wirt stellte es vor den Detektiv.

"Und Du bist ein Insider?"

"Klar! Ich kenne jeden beschissenen Baum hier im Kreis."

Er saugte am Glas und trank es bis zur Hälfte runter.

"Kommste heute Abend zum Skat kloppen?" fragte der Wirt, während er den zweiten Korn eingoss.

"Nee. Ich leg mich auf die Lauer. Ich werde diesem perversen Pferdemörder 'ne Falle stellen. Und wenn ich ihn habe, werde, ich ihm in die Beine schießen und dann erst die Bullen rufen. Das wird dem Knilch eine Lehre sein."

"Hast du 'ne Waffe?"

"Klar, ich hab doch 'nen Jagdschein. Ich hab immer 'ne geladene Schrotflinte auf dem Rücksitz."

Karl Heinz zog den Rest Bier aus dem Glas. Mit dem Korn spült er nach.

"Gib mir mal 'ne Packung Erdnüsse und Kaugummis."

"Die hier?"

"Ja. Ich muss los. Was macht das?"

"Neun achtzig."

Karl Heinz warf einen Zehner auf den Tresen.

"Stimmt so. Bis Morgen. Ich komm zum Frühstück."

"Alles klar. Bis Morgen."

Während er zum Auto ging, steckte sich Karl Heinz ein Kaugummi in den Mund. Er machte den Wagen an und fuhr, ohne in den Spiegel zu sehen auf die Straße. Nach drei Kilometern bog er nach rechts auf den Hof seiner Eltern, wo auch er immer noch wohnte. Er hatte schon seit einem Jahr kein Wort mehr mit ihnen gesprochen und auch mit seinen Geschwistern nicht. Die waren sauer, dass er nicht auf dem Hof half. Deshalb hatte man ihn in den hintersten Winkel des Hauses quartiert. Er fuhr durch mehrere Kuhfladen und parkte auf dem Rasen, um seine Eltern zu ärgern. Sein Zimmer lag am Ende des langen Flurs, wo früher der Knecht gewohnt hatte.

Karl Heinz knallte die Tür hinter sich zu. Er schloss ab und setzte sich an seinen Comodore C 64 Computer. Das Ding ließ er immer an, damit er schnell alle Informationen parat hatte. Von Datasette lud er die Liste mit den Namen der Verdächtigen. Er zündete sich eine Zigarette an und starrte auf den Bildschirm.

"Ich werd Dich kriegen, Du alter Mistbock", drohte er dem Pferdemörder, der sich unter den Namen auf der Liste versteckte. Einer von ihnen musste es sein.

Karl Heinz ging rüber zu seinem Bett und ließ sich mit Zigarette darauf fallen. Im Liegen rauchte er. Immer wieder aschte er auf den Boden. Schließlich drückte er die Zigarette an der Wand aus. Sekunden später war er eingeschlafen.

Nach einigen Stunden erwachte er. Draußen war es dunkel. Das Zimmer wurde nur vom Bildschirm des Computers erleuchtet. Karl Heinz hatte Kopfschmerzen. Er setzte sich auf und spukte in den Papierkorb. Er suchte das Zimmer nach etwas Essbarem ab, fand ein Twix und spülte die Brocken mit einer Dose Bier runter. Das brachte ihn wieder halbwegs in Schwung.

Im Schrank fand er einen Rucksack. Darein packte er die restlichen Dosen Bier und eine Schachtel Zigaretten. Er zog sich aus, warf seine Klamotten aufs Bett und schlüpfte in einen Ninja-Anzug, den er sich aus dem Versandkatalog bestellt hatte. In seinem Frisierspiegel schwärzte er sich das Gesicht mit Schuhcreme. Er setzte eine schwarze Mütze auf. In den Rucksack kamen noch eine Taschenlampe, ein Fernglas, Decken und eine schwarze Regenjacke. Zum Schluss hängte er sich einen Patronengürtel um und besah sich im Spiegel.

Der Pferdemörder musste sich in Acht nehmen, das stand fest.

Auf dem Flur machte er einen Umweg über die Toilette. Er schlich am Wohnzimmer seiner Eltern und Geschwister vorbei. Er konnte den Fernseher hören und wie sie laberten.

Draußen regnete es. Karl Heinz fluchte. Als er sich dem Hofhund näherte, knurrte der. Er kümmerte sich nicht darum, sondern hakte ihn von seiner Kette los und machte die Ausgehleine dran. Dann führte er den Hund zum Wagen. Er öffnete die Heckklappe. Der Hund sprang rein, knurrte aber weiter.

"Dummes Vieh", sagte Karl Heinz und schlug die Klappe zu. Er öffnete die Fahrertür und stieg ein. Den Rucksack warf er auf den Beifahrersitz. Anschließend kramte er ein Bier hervor. Er nahm einen Schluck und zündete sich eine Zigarette an, bevor er den Wagen startete.

Er ließ die Reifen auf dem Rasen durchdrehen und fuhr quietschend über den Hof. Fast hätte er eine Katze überfahren. Er schleuderte etwas auf dem Grünstreifen, fuhr halb übers Feld, bevor er wieder auf die Straße zurückfand.

Der Regen nahm zu. Karl Heinz hatte keine Scheibenwischer. Er schaltete das Fernlicht ein, um besser sehen zu können. Mehrere Autos hupten oder machten Lichtzeichen. Er leerte die Dose, zielte kurz im Rückspiegel und warf sie dann nach dem Hund. Er traf ihn am Kopf. Der Hund kläffte los.

Karl Heinz stellte das Radio an. Nach zwei weiteren Kilometern machte er die Scheinwerfer aus. Langsam fuhr er zum Straßenrand. Er fuhr die Böschung hoch und parkte das Auto hinter Bäumen auf einem Feld. Vom Rücksitz kramt er ein Tarnnetz. Mit einer Zigarette im Mund stieg er in den Regen aus. Er warf das Netz über den Wagen, nur die Fahrertür ließ er frei. Aus dem Rucksack nahm er den Regenmantel und zog ihn über. Die geladene Schrotflinte hängte er sich über die Schulter. Um dem Hund Frischluft zu gönnen, kurbelte er das Fenster etwas herunter. Dann trat er seine Zigarette aus. Er hockte sich zwischen die Bäume. Einige Autos fuhren vorbei. In der Ferne waren keine weiteren Scheinwerfer zu sehen. Schnell sprang er über die Straße. Auf der anderen Seite konnte er schon die Pferdeweide sehen, für die, wie er glaubte, der nächste Anschlag geplant war. Mit einigen Sätzen war er die Böschung hoch. Irgendwo hier musste sich ein Hochsitz befinden.

Er ging ein paar Schritte nach rechts, bevor er ihn erblickte. Oben machte er es sich gemütlich: Er setze sich auf eine Decke, legte sich die zweite über die Beine und die letzte um die Schultern. Gewehr und Taschenlampe lagen neben ihm auf der Bank, das Fernglas hing um seinen Hals.

Karl Heinz fluchte. Es regnete nun schon seit eineinhalb Stunden. Er knackte die vierte Dose. Man konnte fast gar nichts sehen. Mehrere Male hatte er in die Dunkelheit hinausgespäht und die Pferde gezählt. Alle waren noch am Leben. Vielleicht würde der Pferdemörder heute Nacht an einer anderen Stelle zuschlagen. Naja, er konnte auch nicht überall gleichzeitig sein. Er nahm die Decke von seinen Beinen, ließ die andere von seinen Schultern fallen und stand auf. Steifbeinig machte er den Schritt zur Tür des Verschlages. Er schob sie auf. Seine Blase musste entleert werden. Ein langer, dampfender Strahl schoss in die Nacht. Karl Heinz starrte in die Ferne. Er sah die Lichter von Häusern und beneidete jeden, der heute Nacht in seinem Bett verbringen konnte. Wenigstens hatte er Bier dabei. In den nächsten Nächten sollte er vielleicht noch einen kleinen tragbaren Fernseher mitbringen, um die miesesten Stunden rumzukriegen. Das Bier trieb unheimlich, der warme Strom wollte gar nicht enden. Karl Heinz schüttelte die letzten Tropfen heraus. Einen Augenblick sah er dabei nach unten. Verdammt! Da stand jemand unter ihm. Der Pferdemörder! Fast wäre er in einem Anfall von Wahnsinn aus dem Hochsitz auf die dunkle Gestalt gesprungen. Die stand vollkommen unbeweglich im Regen und starrte auf das Feld, auf die Pferde. Die Gestalt musste den größten Teil von Karl Heinz's warmer Brühe abbekommen haben, hatte aber nichts bemerkt. Zu groß war wahrscheinlich der Wahnsinn des Pferdemörders.

Karl Heinz kroch wie eine Spinne in den Verschlag zurück. Sein Herz hämmerte ihm im Hals. Lautlos griff er sich die Bierdose. Er leerte sie in einem Zug und stellte sie vorsichtig weg. Mit der rechten Hand griff er sich das Gewehr, mit der anderen fühlte er nach dem Patronengürtel. Er war noch da. Danach tastete seine Hand nach den Zigaretten. Auch die steckten an ihrem Platz. Gerade, als er ein Bier als Notreserve in eine Beintasche gleiten ließ, spürte er eine Erschütterung des Hochsitzes. Kletterte der Kerl etwa nach oben? Karl Heinz bewegte sich zur Tür. Mit dem Gewehr zielte er in die Öffnung. Da erschien ein Gesicht direkt vor ihm. Es war von einer Kapuze eingerahmt und beschattet. Als das Gesicht den Detektiv erblickte, erstarrte es. Die Augen funkelten in eiskaltem Hass. Karl Heinz schoss. Der Rauch wurde vom Wind weggeblasen und das Gesicht war verschwunden.

"Erwischt!" schrie Karl Heinz.

Er krabbelte zur Tür und blickte nach unten. Die Gestalt war nirgends zu sehen. In einiger Entfernung knackte es im Gebüsch. Karl Heinz schoss in die Dunkelheit. Dann sprang er die Leiter hinunter. Im Rennen lud er das Schrotgewehr nach. Auf gut Glück schoss er noch einmal in die Richtung, in die er lief. Dann stand er auf der Böschung über der Straße. Unten fuhr ein Auto ohne Licht mit quietschenden Reifen an. Der grüne Opel! Karl Heinz zielte und schoss die Heckscheibe kaputt.

"Bleib stehen, Du krankes Schwein!" schrie er, während er die Böschung hinuntersprang. Er überquerte die Straße, kollidierte fast mit einem Wagen. Bei seinem Polo angekommen hatte er das Gewehr neu geladen. Er schlug die Tarnplane über der Fahrertür hoch und sprang ins Auto. Während er mit der einen Hand startete, schmiss er das Gewehr auf den Beifahrersitz. Mit offener Fahrertür schleuderte er über den Acker. Die Plane wölbte sich, verfing sich aber am linken Außenspiegel und flatterte im Fahrtwind. Karl Heinz zog die Tür zu. Fast wäre sein Polo auf die Seite gekippt, als er die Böschung hinunterpreschte. Dann war er auf der Straße. Zum Glück kamen gerade keine Autos. Er trat das Gaspedal durch. Als das Röhren zu laut wurde, schaltete er in den vierten Gang. Der Hund jaulte im Heck. Im Reflex schaltete Karl Heinz das Radio an. Er fand einen Sender mit klassischer Musik. Zufrieden tastete er nach der Bierdose und knackte sie. Er nahm einen langen Zug und das kühle Getränk tat ihm gut. Vor sich konnte er nichts erkennen, keine Rücklichter und auch keine unbeleuchteten Fahrzeuge.

Eine Kreuzung kam in Sicht. Karl Heinz machte eine Vollbremsung. Er sprang aus dem Wagen.

"Verdammte Scheiße!" brüllte er in die Nacht. Er hatte den Pferdemörder verloren. Voll Wut zielte er auf einen Blitzer auf der anderen Straßenseite. Dann schoss er doch nicht. Er ging zum Polo zurück, schmiss das Gewehr rein und griff sich die Bierdose, die in der Getränkehalterung steckte.

Der Regen fiel weiter mit steter Gleichmäßigkeit. Karl Heinz war im Regen geboren worden und würde im Regen sterben. Es machte ihm nichts aus. Er setzte sich auf die Motorhaube. Immer wieder nahm er einen Schluck aus der Dose. Als sie leer war, schmiss er sie auf die Straße.

Der nasse Asphalt glitzerte im Scheinwerferlicht. Karl Heinz sah genauer hin. Da glitzerte noch etwas anderes. Er ging darauf zu und hockte sich hin. Glasscherben. Glasscherben der Heckscheibe des Opels.

"Alles klar, Du Penner!", freute sich der beste Schnüffler Deutschlands. Auf der Straße verlief eine Spur von Glassplittern. Karl Heinz folgte ihr bis zur Kreuzung. Sie führte nach rechts.

Im Schneckentempo verfolgte Karl Heinz die Glasspur nun schon seit einer halben Stunde. An jeder Kreuzung und Straßeneinmündung stieg er aus und prüfte den Verlauf. Endlich führte sie auf einen Schotterweg, an dessen Ende ein Haus zu sehen war. Karl Heinz parkte seinen Wagen am Straßenrand. Er angelte nach der Hundeleine und zog das Tier nach vorne. Bevor er ausstieg, leerte er die letzte Dose. Mit geladenem Gewehr, Patronengürtel und Hund schlich er am Wegesrand zum Haus. Kurz vor dem Ziel musste eine Pinkelpause eingelegt werden. Dann konnte ihn nichts mehr aufhalten. Auf dem Hof lagen weitere Glasscherben, die bis zur Garage führten. Der Hund fing leise an zu knurren. Karl Heinz erstarrte. Er drückte sich an die Garagenwand. Zu spät hörte er das Geräusch, das entsteht, wenn jemand auf einen anderen von einem Garagendach springt, und wurde zu Boden geschleudert.

Mit aller Kraft wälzte er sich herum und schoss in die Dunkelheit. Der Hund bekam die ganze Wucht der Schrotladung in die Seite. Karl Heinz konnte an der weißen Garagenwand gut den Kontrast des Hundekörpers sehen, der gegen die Steine klatschte und dann zu Boden fiel.

Aber ein Schuss war noch im Gewehr. Karl Heinz sah sich wild um. Ihm war schwindelig. Auf dem Kiesweg sah er eine Gestalt in Richtung Straße laufen.

"Halt, stehenbleiben!" schrie Karl Heinz. Er hatte keine Lust, noch eine Warnung zu geben. Er zielte auf die Beine und schoss. Ein Schrei und die Gestalt ging zu Boden.

"Ijöööööh", freute sich Karl Heinz. Er rannte zu seinem Fang. Mit dem Fuß drehte er die Gestalt um und leuchtete ihr ins Gesicht. Schmerzverzerrt und doch lächelnd strahlte ihn eine entfernte Cousine an.

"Du bist wahnsinnig, Margarita", sagte Karl Heinz. Vorsichtshalber lud er das Gewehr nach.

"Warum hast Du die ganzen Pferde umgebracht. Ich kann die Viecher auch nicht ausstehen, aber umbringen... Das ist irgendwie krank."

"Ich hasse Dich", stöhnte seine Cousine unter Schmerzen.

"Soll ich Dich von Deinen Leiden erlösen. Ich habe kein Problem damit", sagte Karl Heinz gelangweilt und zielte auf den Kopf der am Boden liegenden.

"Ich hasse Dich!"

Entfernt waren Martinshörner zu hören. Karl Heinz schob sich schnell ein Kaugummi in den Mund. Vor lauter Bier wurde ihm langsam übel. Aber seine Bedenken waren überflüssig: Man kannte sich schließlich. Karl Heinz erhielt eine hohe Belohnung. Seine Cousine wurde in einer Nervenheilanstalt eingeliefert.

Karl Heinz schloss die Tür hinter sich ab. Er schmiss sich aufs Bett. Die nächsten Nächte würde hier schlafen. Er hatte sich ein paar freie Tage verdient.

EIN BAUM IST EIN MENSCH IST EIN STEIN

Ein Baum ist ein Mensch ist ein Stein
ist ein Fluss ist ein Berg ist ein Hund
ist ein Halm ist ein Meer ist ein Bein
ist der Mond
ist die Sonne
ist Kuipers Gürtel
ist Virgo
ist Laniakea

IM WALD

Da war er wieder. Jeden Tag dasselbe Ritual. Und diesmal würde es nicht so leicht sein, dessen war er sich bewusst. Zusätzlich zu den Schmerzen im linken Knie verhinderten alle möglichen Ranken, Stacheln und Kletten sein Vorankommen im Wald. Man musste schon eine gute Stelle finden, damit es einigermaßen gelang. Als wichtige Utensilien hatte er das unverzichtbare Klopapier und einen Klappsparten dabei. Obwohl wegen der frühen Jahreszeit noch keine Blätter auf Bäumen und Büschen waren, hätten die es in der Not auch getan. Aber die Säuberungsfähigkeit eines Blattes ist ziemlich beschränkt und das würde sich spätestens in einer Stunde als unaufhörliches Jucken bemerkbar machen.

Der Spaten war dafür da, dem Ganzen etwas Klasse und Luxus zu geben. Auf den Waldboden „machen", das konnte jeder. Aber sich ein eigenes Loch graben und damit eine eigene, selbstgebaute Toilette zu haben, war pure Lebensfreude. Außerdem konnte man die Tat später dezent vertuschen, um sich so von der Großzahl der Autobahnrastplatztouristen abzugrenzen, die in ihrer Eile oder Not hinter jedem Baum etwas fallen ließen, wobei das helle Klopapier einem lustig flatternd im Wind zuwinkte und auf das verminte Gebiet aufmerksam machte. Ein dritter Vorteil war sicherlich, dass man den Waldboden durch das Loch von Versteckmöglichkeiten für kleine Tiere befreite, die einem an die Eier springen oder noch schlimmer: sie einfach abbeißen.

Endlich hatte er einen passenden Platz entdeckt: Eine Art halbkreisförmigen, zur abschüssigen Seite offenen Krater im Waldboden, in dem kleine Bäume wuchsen und einigen Schutz boten. Nun musste der genaue Ort bestimmt werden. Eine erste Grabung ging schief, sie war zu weit außerhalb der schützenden Zweige. Die Blätter begannen gerade erst zu knospen und man musste sich allein auf das Gestrüpp verlassen. Auf der anderen Seite war es auch nicht empfehlenswert, zu nahe an den Bäumen zu graben, denn Zecken springen mit Vorliebe auf nichts ahnende Menschen, die im Wald einen abseilen.

Schließlich war der Ort der Orte gefunden. Das Loch wurde nicht zu tief, die unmittelbare Umgebung eilig von Laub und Gestrüpp befreit, denn es drückte schon arg in den Eingeweiden. Er ließ einen letzten Blick umherschweifen, um nochmals die visuelle Abschirmung der Örtlichkeit zu prüfen. Das Ergebnis lautete eher geeignet als perfekt. Mit Wehmut dachte er an den Baum in Frankreich, als er auf einer sommerlichen Radtour plötzlich den altbekannten Drang verspürt hatte. Da war ihm ein einsamer, auf einem Feld stehender Baum aufgefallen, dessen lange

Äste sich auf den Boden neigten und so einen wunderbaren Hohlraum bildeten. Er hatte sich damals unter das Blätterdach gehockt und einfach Unsichtbarkeit und Sommerhitze genossen. Er hatte weit auf die Felder blicken können, ohne selbst gesehen zu werden.

Naja, diese Zeiten waren vorbei und er hatte sich mit der jetzigen Situation abzufinden. Er zog Hose und Unterhose runter und hockte sich hin. Als erfahrener Waldscheißer achtete er darauf, dass sein Klappsparten nicht in die Bescherung fiel. Außerdem hatten ihn jahrelange Erfahrungen gelehrt, die Textilien, die nun zwischen den Knöcheln aufgespannt waren, nach vorne in Richtung Knie zu ziehen, damit nichts in die Hose ging. Und dann kam es, langsam zuerst, dann wie in wilder Schlittenfahrt aus einem langen, dunklen Tunnel, in großer Raserei folgten ein, zwei, drei Schlitten, dann war es vorbei, schnell wie ein Orgasmus. Große Entspannung breitete sich über den ganzen Körper aus.

Einige Sekunden verharrte er verzückt in diesem Gefühl. Dann kamen die ersten Gedanken zurück. Mit unsicherem Blicken suchte er den Waldboden hinter sich nach Schlangen und Ratten ab. Mit noch unsicherem Blicken suchte er nach Insekten. Aber es war nichts zu sehen. Nun begann er mit der sanitären Säuberung. Schnell merkte er, dass in dieser extremen Hockform, die Reinigung wesentlich gründlicher und umfassender gelang als beim die Arschbacken zusammentreibenden Sitzen auf Toiletten.

Trotzdem war es in einem Badezimmer meistens wesentlich gemütlicher und wärmer. Man konnte Musik hören, etwas trinken und lesen und sich hinterher noch gründlich waschen.

Doch was war das? War da eben ein Knacken gewesen? Wild drehte er den Kopf nach hinten. Diesmal vermutete er keine Schlange, sondern Schaulustige. Unterhalb des Kraters, der in diese Richtung zwar mit Gestrüpp bewachsen, aber dennoch offen war, führte eine Straße entlang. Vielleicht hatten sich dort schon Massen von Menschen versammelt, um ihn zu fotografieren oder zu filmen. Zum Glück war niemand zu sehen. Mit einem Seufzen und weiteren Blicken über die Schulter und zum Rand des Kraters beendete er sein Werk. Nun konnte es weiter gehen. Nun, so war er sich sicher, würde ihn nichts mehr aufhalten.

WOZU GEDICHTE SCHREIBEN?

Gedichte schreiben
Wozu?
Nach Themen
suche ich
zwanghaft
für meine Lyrik
originell
muss sie sein
anders
innovativ
und doch
sie
klingt gleich
irgendwie
immer gleich
und es frustriert mich
einen anderen Stil
brauche ich
vielleicht

KOMMUNISMUS IM SOMMER

Ich hätte mich nicht zudecken sollen. Nun war ich nassgeschwitzt und alles klebte an mir. Ich schlug die Decke zurück, blieb aber liegen. Durch die Lamellen der Jalousie kamen Lichtstrahlen in das dämmrige Zimmer. Kaum ein Laut war draußen zu hören. Irgendwo summte leise ein Rasensprenger. Natürlich war das der reinste Wahnsinn, während des Tages Wasser auf den Rasen zu lassen: Die Halme würden nur noch mehr verbrennen. Aber die Leute wussten sich nicht anders zu helfen. So einen Sommer hatte ich noch nie erlebt. Es gab nun schon seit Wochen Hitze und alle Kinder hatten Ferien. Auch die meisten Erwachsenen, die hier in der Gegend wohnten, schienen sich freigenommen zu haben. Meistens sah man nicht einen einzigen Menschen. Alle saßen im Haus oder in den dunkelsten Ecken ihrer Terrassen herum, schlürften kalte Getränke, rauchten und dösten vor sich hin. Niemand war im Stande, etwas zu tun. Man konnte noch nicht einmal mit nackten Füßen über die Straße laufen. So heiß war es.

Ich richtete mich auf. Ich hasste dieses klebrige Gefühl am ganzen Körper. Ohne viel Kraft drehte ich mich zur Bettaußenseite und stellte die Füße auf den Boden. Mir war etwas schwindelig. Es war schon eine blöde Sache, in so einer Hitze unter der Bettdecke einzuschlafen. Ich trottete ins Badezimmer. Erst erleichterte ich meine Blase und trank ein wenig Wasser aus dem Hahn. Dann zog ich mein T-Shirt und meine Shorts aus und drehte die Dusche voll auf. Das Wasser spülte das klebrige Gefühl von mir und machte mich wieder wach.

Anschließend ging ich die Treppe hinunter in die Küche. Niemand schien im Haus zu sein. Ich öffnete den Kühlschrank und wollte etwas Apfelschorle trinken. Aber wir hatten keinen Saft mehr. Mist! Ich schaute durch die halbgeschlossene Jalousie auf das Thermometer im Schatten. 42 ° C. Irgendwie musste ich an meinen Apfelsaft kommen.

Ich trat durch den Vorhang der offenen Terrassentür nach draußen. Die heiße Luft umgab mich wie Wasser in einer Badewanne. Ich spürte, dass mein eben erst gereinigter Körper wieder zu schwitzen begann. Ich schlurfte durch die Sonne hinüber auf den Rasen unserer Nachbarn. Die Terrassentür war hier ebenfalls offen. Ich ging ins Haus. Es dauerte etwas, bis sich meine Augen an das Dämmerlicht gewöhnt hatten.

Die Küche lag genau wie bei uns am Wohnzimmer. Ich machte den Kühlschrank auf und griff mir Apfelsaft und Mineralwasser. Mit den beiden Getränken ging ich ins Wohnzimmer zurück. Dort mixte ich ein großes Glas. Auf dem Tisch lagen Zigaretten. Ich zündete mir eine an. Ich lehnte mich im Sessel zurück und legte die Beine hoch. Von irgendwoher drang Reggaemusik herüber. Das könnte meine nächste Station an diesem Nachmittag sein, dachte ich.

„He, wie geht´s?“ Es war Tim, mein Nachbar. Er kam durch die Küche herein und hatte ein Glas in der Hand.

„Gieß mir mal was ein“, sagte er.

„Alles klar!“

Ich setzte mich seufzend auf, um ihm eine Schorle zu mixen.

Tim schaltete den Fernseher ein und begann durchzuzappen.

„Was macht ihr denn den ganzen Tag?“ fragte er.

„Nichts... oder pennen“, gab ich zwischen zwei Schlucken zurück.

„Und heute Abend?“ wollte Tim wissen.

„Keine Ahnung. Aber wenn du willst, rufe ich dich an, wenn was läuft.“

„OK.“

„Ich geh jetzt weiter. Bis nachher!“

Ich stand auf. Draußen brannte mir die Sonne auf den Kopf. Ich hielt immer noch das Glas mit dem Apfelsaft in der Hand. Ich kippte den Rest runter und als ich an den Zaun von Andreas Garten kam, stellte ich das Glas darauf und stieg rüber. Alle Türen waren offen, so dass die Musik möglichst gut in der Gegend verteilt wurde. Aber das war keineswegs unerfreulich. Es war wie ein rhythmischer, warmer Wind, der einem entgegenflog und mehr ein natürlicher Teil des Sonnentages zu sein schien als etwas Künstliches.

Ich hatte keine Lust, nach drinnen zu gehen und so legte ich mich in den Schatten unter einen Baum. Über mir glitzerte die Sonne durch die Blätter. Es gab nichts zu tun, als einfach nur da zu sein. Das konnte ich sehr gut, einfach da sein.

Am späten Nachmittag wachte ich wieder auf. Noch immer lief die Reggaemusik. Vielleicht war niemand bei Andreas zu Hause. Ich kannte das schon: Manchmal ließen sie die Musik einfach laufen und waren stundenlang irgendwo unterwegs. Und tatsächlich konnte ich drinnen keinen finden. So machte ich mich über das Eis im Kühlfach her. Ich wurde wieder etwas munterer und überlegte, was ich als nächstes tun könnte.

Hinten im Hof fand ich ein Fahrrad und fuhr damit in die Hitze los. Ich radelte durch Straßen ohne Verkehr. In der Ferne spielten Kinder am Bach.

„Na, habt ihr was gefangen?" fragte ich, als ich am Ufer anhielt.

„Noch nichts", sagte einer der lehmverschmierten Jungen traurig.

Ich fuhr weiter und sah mich nach einem Haus um, das irgendetwas Einladendes versprach. Allerdings war es immer noch am schönsten, sich bei Bekannten zu bedienen.

So bog ich auf Heinrichs Bauernhof ein. Dort würde ich mir Milch genehmigen.

Ich stieg vom Rad und ging in den Melkraum. Dort drehte ich den Hahn des riesengroßen, eiskalten Edelstahlbehälters auf und hielt meinen Mund darunter. Ich schluckte so schnell ich konnte, aber irgendwann lief es mir über die Wangen. Das machte eine Weile großen Spaß, weil ich dabei vollkommen nass und schön gekühlt wurde. Aber ich wollte nicht zu viel verschwenden. Ich drehte den Hahn wieder zu.

Draußen stieg ich auf´s Rad. Mir war die Idee gekommen, mal ein Haus auszuprobieren, das mir schon lange aufgefallen war. Auf dem Weg dahin begegneten mir nur zwei Nackte mit einem Hund und eine Gruppe von Kindern, die sich wohl irgendwo die Kleidung von alten Leuten geliehen hatten. Dann stand ich vor dem Haus. Es war recht vornehm. Auf dem Hof parkte ein rotes BMW-Cabrio. Wenn das nachher da noch steht, fahre ich damit nach Hause, plante ich im Geiste.

Die Haustür war offen. Drinnen war es schön kühl, aber auch sehr still. Irgendwo tickte eine Uhr. Ein Hund kam aus dem Wohnzimmer schwanzwedelnd auf mich zu. Ich streichelte ihn und öffnete dabei eine Tür, weil ich glaubte, dass dort die Küche sein könnte. Richtig geraten. Aus dem Kühlschrank nahm ich für den Hund ein paar Scheiben

Kochschinken. Ich ließ den Hund Männchen machen. So verdiente er sich das Fleisch.

Ich verließ die Küche, weil ich mich an die schöne Marmortreppe erinnerte, die nach oben führte. Schon wieder verspürte ich eine drückende Müdigkeit. Im Obergeschoß war der Boden mit Teppich ausgelegt. Fast lautlos näherte ich mich der ersten Tür und machte sie auf. Die Toilette. Der nächste Raum war ein Schlafzimmer. Zu förmlich für ein Nickerchen. Als ich eine weitere Tür öffnete, lag da ein Mädchen von vielleicht 20 Jahren im Bett. Ich setzte mich auf die Kante und zog mir die Schuhe aus. Dann rutschte ich neben sie. Sie öffnete kurz die Augen.

„Lass mich zufrieden“, sagte sie verschlafen und ohne den Mund richtig zu öffnen.

„Ich will nur etwas pennen“, antwortete ich.

Sie drehte sich auf die andere Seite und murmelte irgendwas. Ich sah noch eine Weile an die Decke. Dann machte ich die Augen zu. Es gab einfach nichts zu tun.

TAMAGOTCHI

Tief unten
im finsteren
und feuchten
Keller
liegt in
einem Stall
ein Kaninchen
im Sterben
verfilzt
das Fell
lang und gebrochen
die Krallen
die Rippen
zeichnen sich
unter dem Fell
ab
Schimmel
wächst von den
Kotbergen
über den noch lebenden
Organismus
bald hat

es es
geschafft

Weit droben
in den
hellen Hallen
von Wärme
und Überfluss
umgeben
lebt
ein Tamagotchi
in den Köpfen
der Menschen
und ist doch
so tot wie
das Kaninchen jetzt.

STUDIEREN 2

Er sitzt auf seinem Bett in einem dämmrigen Raum, die Vorhänge sind zugezogen. Draußen pfeift ein grauer Wind um das Hochhaus, aber drinnen im Halbdunkeln ist es schön warm. Die Bettdecke ist zur Seite geschlagen und er ist an ein Kissen an der Wand gelehnt. Er hat seit zwei Tagen seinen Schlafanzug an, der langsam etwas muffig wird. Der Fernseher läuft auch schon seit zwei Tagen. Nicht durchgängig, nachts wird er für einige Stunden abgeschaltet, aber morgens so um zehn ist er spätestens wieder an und die ersten Trickfilme flimmern über den Bildschirm.

Am Bett liegen alle Sachen, die man zum Überleben braucht. Zunächst ist da etwas zu trinken: Auf dem Boden stehen eine Zwei-Liter-Tüte Wasser und eine kleinere Tüte Orangensaft. Daneben liegen eine halbvolle Packung Erdnusslocken und ein Teller mit angetrockneten Nudeln.

Er isst immer die gleiche Sorte: Spaghetti Carbonara. Das geht sehr schnell. In fünf Minuten ist eine große, leckere Portion fertig und die kann er einfach wieder auf den schon gebrauchten Teller kippen und beim Fernsehen essen.

Auch eine Dose Kekse liegt neben dem Bett. Sie ist halb von der Fernsehzeitschrift bedeckt. Zwar schaltet er sowieso die ganze Zeit durch die Programme, kann sich zwischen den vielen Angeboten nicht entscheiden und versucht mehrere Sendungen gleichzeitig zu verfolgen, aber wenn es den absoluten Kracher gibt, will er das schon wissen. Damit ist das wichtigste Utensil des Studiums angesprochen: Die Fernbedienung. Er hat sogar drei Fernbedienungen. Eine für den Fernseher. Sie ist klein, handlich und schwarz. Manchmal geht sie nicht mehr richtig und man muss ziemlich fest auf die Tasten drücken, aber die Batterien auszuwechseln hieße, vom Bett aufzustehen, zum Laden zu gehen, die richtigen Batterien zu suchen, zu finden, sie zu kaufen, wohlmöglich von der schlechten Laune der Verkäufer behelligt zu werden und dann den ganzen Weg wieder zurückzugehen. Das wäre einfach zu viel! Außerdem könnte das Tageslicht seine empfindlichen Augen verätzen.

Zweitens besitzt er eine Fernbedienung für den Blu-Ray-Player. Theoretisch besteht die Möglichkeit, vom Bett aufzustehen und einen Film einzulegen. Trotzdem wird dann weitergezappt. Der Film im Blue-Ray-Player dient nur als weiterer Sender und genießt nicht etwa Sonderrechte.

Die dritte Fernbedienung dient den extrem langweiligen Momenten. Über sie lässt sich die Hi-Fi-Anlage steuern. Es stehen das Radio, zwei Fächer mit Hörspielkassetten und eine eingelegte Hörspiel-CD zur Verfügung. Diese werden während der Stunde des Mittags- oder Nachmittagsschlafs verwendet. Es ist wichtig, dass stets ein Medium genutzt wird. Keine Sekunde darf man sich seinen eigenen, dummen Gedanken überlassen. Das ist besonders für das Studium von außerordentlicher Wichtigkeit und einfacher Selbstschutz.

Eins kann er aber überhaupt nicht ab: Gestört zu werden. Ein Problem in dieser Hinsicht ist sicher die Wohnungstür. Wenn jemand draußen davorsteht, kann diese Person ganz genau hören, ob jemand in der Wohnung ist oder nicht. Aber meistens kommt sowieso keiner unangemeldet vorbei. Wenn das doch mal der Fall sein sollte, ist natürlich Holland in Not. Wie soll man sich denn so schnell aus dem muffigen Gammelstatus erheben, wenn schon allein die Türklingel einem Mark und Bein erstarren lässt?

Da läuft es mit dem Telefon schon besser: Er stellt die Klingel ab, lässt aber den Anrufbeantworter auf der leisesten Stufe an. Wenn dann jemand anruft, kann man sich erst richtig schön überlegen, ob es sich lohnt, vom Bett aufzustehen oder nicht. Im Notfall kann man den Anrufbeantworter auch ganz abstellen und bleibt so völlig ungestört, vom Unsicherheitsfaktor Tür abgesehen.

Zwei Probleme konnten allerdings noch nicht gelöst werden:

Einmal bleiben da die menschlichen Bedürfnisse in Richtung Badezimmer. Für eine große Sitzung würde er gerne zwei Mal am Tag aufstehen. Aber die vielen kleinen machen ihn irgendwie fertig. Er hat daran gedacht, sich einen Nachttopf zu kaufen, aber das bringt ja nur wieder Probleme mit sich. Die Wege auf's Klo summieren sich zu den Gängen an den Blue-Ray-Player, den Herd oder ans Telefon. Er kommt sich manchmal eher wie ein Marathonläufer vor als ein Student, der sich ein wenig entspannen will.

Zum anderen fängt der Rücken nach 24 Stunden im Liegen zu schmerzen an. Man kann zwar die Lage wechseln, aber wenn der Rücken einmal weh tut, dann tut er weh und das trägt nicht zur Entspannung bei.

Es ist zum Verrücktwerden, mit welchen Widrigkeiten man beim Studieren zu kämpfen hat. Da zeigen die einem alles Mögliche an der Uni und man kann hinterher die tollsten Sachen ausrechnen, aber für die Probleme des Alltags hat sich noch nie jemand was ausgedacht.

Heute ärgert ihn das wieder richtig. Er schaltet auf den Film von eben. Außerdem ist schon Sonntag und das heißt, dass er Morgen wieder raus muss. Das bedeutet, um acht Uhr aufzustehen und auf die Straße zu gehen und dann pfeift da draußen immer noch dieser kalte Wind. Aber noch ist es nicht so weit. Noch kommen ein paar Sachen im Fernsehen, besonders am Abend. Und vielleicht muss er Morgen auch nicht zur ersten Stunde da sein. Dann kann er noch etwas länger pennen.

VARIANTEN AUS DEM LEBEN III

Nacht.
Auf dem Rücksitz
eines Autos
sitze ich
leicht angetrunken
und bete.
Geschlossene Ortschaft - 150 km/h
erste Kurve
geschafft
zweite Kurve
geschafft
dritte Kurve
es quietscht:
die Tore zum Himmel öffnen sich
während wir in Zeitlupe
auf eine Verkehrsinsel
zuschleudern

wie eine
Rampe
wirkt
die Insel
ab

alles mähen
wir
ab
Bäume
Straßenschilder

heben wir
auf dem
Dach
landen
wir
vier
Tote
keine
Verletzten

die Insel
aus
steigen wir
in den Graben
die Trümmer
schmeißen
wir
das Auto
fährt noch
also: weg

SZENEN AUS DER GROßEN ZEIT II

Die beiden Polizisten Gerd und Frank fuhren mit 160 Sachen über den dunklen Stadtring. Sie wollten unbedingt die ersten an der Einsatzstelle sein. Das Blaulicht blitzte an Fensterscheiben, Hauswänden, geparkten Autos. Die Polizisten unterhielten sich nicht. Seit vielen Jahren fuhren sie zusammen Streife und es war fast alles gesagt worden, was Menschen sich sagen können. Aber das Schweigen war keineswegs feindlich. Die beiden bildeten im Dienst einen einzigen Organismus, eine Einheit, die keiner Kommunikation bedurfte.

Gerd, der auf dem Beifahrersitz saß, reichte seinem Kollegen blaue Gummihandschuhe, wie man sie aus dem Krankenhaus kennt. Er selbst trug seine bereits. Dann nahm er eine Pistole aus dem Holster und überprüfte ihre Funktionstüchtigkeit.

Frank bremste ab. Mit der einen Hand schaltete er das Blaulicht aus, mit der anderen vollführte er gekonnt einen U-Turn und schon schlitterte der Polizeiwagen auf das Gelände der überfallenen Tankstelle. Nach Auskunft der Zentrale hatte der Räuber den Kassierer als Geisel genommen. Der Wagen kam zum Stehen. Jetzt musste alles schnell gehen. Die Polizisten sprangen aus dem Auto. Im Verkaufsraum war nichts zu sehen.

Vorsichtig und doch mit einer nicht zu übersehenden Eile pirschten sie sich heran. Frank hatte in jeder Hand eine Waffe, Gerd hielt noch immer die eine Pistole. Als sie die Tür öffneten, bemerkten sie die beiden Gestalten, die vor der Kasse auf dem Boden knieten. Es waren die Geisel und der Geiselnehmer, der sich offensichtlich ergeben wollte: Er hielt ein Messer mit zwei Fingern nach oben und rief:

„Alles in Ordnung, Jungs. Ich hab keinem was getan. Ich leiste keinen Widerstand."

„Rutsch da rüber!" rief ihm Frank zu. „Weiter!"

Die Polizisten verteilten sich im Raum. Gerd lief geduckt zum Geiselnehmer, während Frank dem Kassierer winkte, zu ihm zu kommen. Als der Mann ihn fast erreicht hatte, sprang der Polizist in Deckung. Das war das Zeichen für Gerd. Er schoss auf den Kassierer, traf ihn gut in den Hinterkopf, und der Mann sackte mit einem Rülpser des Erstaunens zusammen.

„Aufstehen!" befahl Gerd dem Räuber, der das Ganze noch nicht verstand. Deshalb erhob er sich folgsam und merkte nicht, dass der eine Polizist sich hinter der Kasse duckte und der andere auf ihn anlegte. Frank feuerte an die zehn Schüsse ab. Flaschen zerplatzten und der Geiselnehmer krachte in die Regale.

Die Polizisten sprangen auf. Jeden Moment mussten die Kollegen eintreffen. Gerd richtete den Räuber auf. Er nahm das Messer an sich, drückte dem blutenden Körper die Pistole in die Hand und schoss mehrmals auf den Kassierer. Dann zogen die Polizisten sich die Handschuhe aus und feuerten einige Male auf die Wand.

Aber noch waren sie nicht fertig. Mit neuen Handschuhen an den Händen liefen sie nach hinten ins Lager. Frank stellte sicher, dass die Hintertür offen war, Gerd nahm die Videokassette der Überwachungskamera an sich. Im Verkaufsraum machte er dann mit wenigen Griffen die Kasse auf und stopfte das Geld in eine Plastiktüte. Frank füllte weitere Tüten mit Zigaretten und alkoholischen Getränken. Die Beute versteckten sie unter ihren Jacken, was sehr merkwürdig aussah, aber auf weite Entfernung keinem auffallen würde. Sie liefen zum Wagen zurück. Drinnen stellten sie die Tüten in den Kofferraum. Schließlich griff Frank zum Funkgerät.

„Zentrale, bitte kommen!“

„Sprechen Sie.“

„Wir haben hier zwei wahrscheinlich Tote und einen Entflohenen. Wann kommt denn Verstärkung? ...Und wir brauchen noch zwei Krankenwagen.“

„Verstanden. Seid ihr verletzt?“

„Nein, aber vielleicht kann man bei den beiden noch was machen.“

„Verstanden. Verstärkung müsste jede Sekunde eintreffen.“

Tatsächlich blitzten auch schon die Blaulichter in der Dunkelheit. Dann kam der erste Streifenwagen quietschend zum Stehen. Ein junger Kollege sprang raus.

„Alles in Ordnung? Wo ist der Entflohene hin?"

„Es gab ´ne Schießerei und da ist er mit der Beute getürmt", antwortete Frank.

„In welche Richtung?"

„Köthener Straße stadteinwärts."

„Wir suchen mal", rief er und brauste wieder davon.

Andere Autos kamen an und bald war alles voller Polizisten. Bei den beiden Menschen, die in der Tankstelle lagen, war nichts mehr zu machen. Frank und Gerd lieferten ihren Bericht ab. Dann kam die Spurensicherung und später der Leichenwagen. Nachdem alles erledigt waren, fuhren Frank und Gerd wieder los. Der Chef hatte ihnen angeboten, sich freizunehmen, aber sie hatten darauf bestanden, ihren Dienst ganz normal zu beenden. Sie waren schließlich alte Hasen und was passiert, passiert eben.

Gerd kramte in den Tüten herum. Er fand eine Schachtel Zigaretten und öffnete sie. Als sie sich beide eine angezündet hatten, angelte Gerd nach dem Whisky. Sie rauchten und ließen die Flasche hin und her wandern.

„Das hat sich mal wieder gelohnt, was?" sagte Gerd.

„Jau", sagte Frank.

Sie brauchten nicht viele Worte, sie verstanden sich so.

VARIANTEN AUS DEM LEBEN I

Ein Tag
eine Wiese
eine Sonne
ein Schäferhund
wir spielen
Stöckchen holen
alle
toben
alle sind vergnügt
dann stellt
der Hund
seine Pfoten auf meine Schultern und knurrt

und
ins Genick
beißt er
mir
drei Mal
ich sacke
zusammen
wie
eine ungespielte
Marionette

und alle
schreien
und ab
lässt der Hund
von mir;
zu Abend
essen wir
später

SZENEN AUS DER GROßEN ZEIT

III

Jim drehte sich um und verschwand in einem Hauseingang gegenüber des Friedhoftors. Er duckte sich in eine Ecke, um sich eine Zigarette anzuzünden. Die verdammten Dinger waren ganz durchgeweicht. Das machte der Nebel, der seit einem Monat alles eingehüllt hatte. Es kam Jim so vor, als wenn er nie wieder die Sonne sehen würde. Er schirmte die Glut mit seiner Handfläche ab, damit man sie auf der anderen Straßenseite nicht sehen konnte und blickte zum dunklen Friedhof hinüber. Doch seine Vorsicht war unnötig: Das Licht der Straßenlaternen reichte kaum aus, um in einem Umkreis von zwanzig Metern auch nur Schemen zu erkennen.

In diesem Herbst waren die Neuen aufgetaucht. So etwas hatte Jim noch nie erlebt. Sie kämen aus dem Osten, hatten ihm Stimmen zugeflüstert und sich vor Angst bebend schnell davongemacht. Keiner ließ was Genaues raus. Eins stand jedoch fest: Sie hielten mehr aus, als die Alten (wie die jetzt genannt wurden). Jim nahm einen letzten tiefen Zug und drückte die Zigarette an der Wand aus.

Ein Schauer von kleinen Funken fiel in Richtung des feuchten Bodens. Jim trat wieder ins Licht. Er überquerte die Straße. Natürlich war kein Auto in Sicht und auch kein Fußgänger ließ sich blicken. Der Nebel macht alle krank, dachte Jim. Keiner traute sich nachts mehr aus dem Haus.

Die nasse Klinke des großen Eisentors war ein erneuter Beweis für die Unerfreulichkeit des Wetters. Jim überlegte einen Moment, ob es vielleicht nicht gerade jetzt Zeit wäre, seinen Beruf an den Nagel zu hängen. Dämonenjäger, das hatte doch keine Zukunft. Außerdem war er nicht mehr der Jüngste. Vor einigen Jahren hätte er mit einem einzigen Eichenpfahl eine Hundertschaft Vampire getötet. Und jetzt? Er verließ sich immer mehr auf neueste Technik.

Aber wenn er diesen Auftrag abschmetterte, würde man ihn aus London vielleicht mit keinem neuen versorgen. Außerdem musste er seine Familie versorgen. Jim drückte das Tor auf. Tropfen fielen ihm ins Gesicht. Wenigstens bin ich jetzt wach, dachte er. Dann trat er in die Dunkelheit und ließ das Tor hinter sich zufallen.

Jim prüfte seine Ausrüstung. Er krempelte den Halsschutz hoch. Den Knoblauch hängte er sich über das blitzende Kreuz vor die Brust. Auch tastete er nach den Fläschchen mit Weihwasser, mit dem er sich im Notfall übergießen würde. Jim griff nach hinten und nahm mit jeder Hand eine Pistole aus den Holstern. Es waren mit geweihtem Silber geladene Waffen. Er machte einen Schritt nach vorne in die Dunkelheit.

„Willst du noch ein Bier, Tom?“ fragte der Wirt.

„Nein, ich muss jetzt los. Schreib bitte an, ich bezahl nächste Woche“, sagte Tom, während er nach seinem Mantel griff. Es waren zwei weitere Gäste in der Kneipe. Die hatten sich in eine Ecke verkrochen und unterhielten sich leise.

„Nicht viel los, was?“ fragte Tom.

„Das kannst du laut sagen. Man sollte meinen, dass die Leute ihre Herbstdepression in Alkohol ertränken wollen, aber das machen sie wohl zu Hause. Da wäre ich an den meisten Abenden am liebsten auch, das kannst du mir glauben.“

„Ist das in Ordnung mit dem Anschreiben?“

„Alles klar, bis die Tage.“

„Danke! Bis dann.“

Tom schob die Tür der Kneipe auf. Zuerst tat ihm die kalte Luft gut. Er blieb einige Augenblicke stehen, um tief einzuatmen. Dann kroch die Feuchtigkeit unter seinen Mantel. Tom lief es kalt über den Rücken. Er machte sich auf den Weg, beim Gehen würde ihm schon wieder warm werden. Aber das Gegenteil war der Fall. Kleine Tropfen bildeten sich auf seiner Kleidung und schon bald fühlte er sich vollkommen klamm. Immer wieder zitterte er. Und zu allem Übel musste er noch am Friedhof vorbei. Tom dachte an eine warme Wanne mit dampfendem Wasser, an heiße Milch mit Honig und an die Heizung, die er bis zum Anschlag aufdrehen würde.

Und auch einer dritten Person lief es (neben vielen anderen) an diesem Abend kalt über den Rücken. Eine Frau mittleren Alters sah aus dem Fenster in den Nebel. In Gedanken war sie bei ihrem Mann, der zu so später Stunde draußen unterwegs war. Sie riss ihren Blick von der wabernden weißen Masse. Einige Augenblicke hielt sie ihre Hände an die Heizung und wärmte sie so inbrünstig, als ob sie ihrem Mann, die Energie senden wolle, dann sah sie auf die Uhr. Schon halb elf. Bestimmt war der Junge noch am Lesen.

Auf dem weichen Teppichboden waren ihre Schritte lautlos. Innerlich lächelte sie: Natürlich hoffte sie, dass er schliefe, aber es machte auch Spaß, die eigenen Kinder bei kleinen Ungehorsamkeiten zu erwischen. In jedem Fall würde sie sich freuen. Als sie in den dunklen Flur einbog, konnte sie unter der Tür deutlich das Licht erkennen. Mit einem Mal ging es aus. Der Junge hatte auch ein phänomenales Gehör! Vorsichtig machte sie die Tür auf.

„Jetzt wird aber geschlafen. Sonst kannst du Morgen in der Schule gar nicht aufpassen", sagte sie in die Dunkelheit.

„Hmmm?" kam es zurück.

„Ist schon gut. Ich hab´s genau gesehen. Morgen ist auch noch ein Tag zum Lesen, verstanden? Jetzt wird geschlafen. Gute Nacht!“

„Gute Nacht, Mama.“

Die Frau machte die Tür wieder zu.

Im Wohnzimmer setzte sie sich vor den Fernseher. Sie legte eine Decke über ihre Beine und suchte eine passende Sendung. Hoffentlich würde ihr Mann, bald wieder kommen. Bis dahin wollte sie auf jeden Fall warten.

Jim sah rein gar nichts. Das war nicht eine besonders gute Basis, um gegen Vampire zu kämpfen. Er hatte zwar zwei starke Scheinwerfer dabei, die gut eine halbe Stunde hielten und die er sich im Notfall auf die Schulter stecken konnte, aber sie jetzt anzuschalten wäre reine Verschwendung. Er musste sich auf sein Gespür verlassen.

Fast wäre er gegen einen dunklen Schatten gestoßen, der plötzlich aus dem Nebel auftauchte: die Kapelle. Jim drückte sich mit dem Rücken an die Wand. So konnte er wenigstens eine Seite vernünftig schützen. Es war auch ein bescheuerter Auftrag: nachts zu prüfen, ob ein Friedhof von Vampiren verseucht war.

„Heute Nacht?“ hatte er gefragt.

„Heute Nacht!“ war die Antwort gewesen. Na klar, Morgen würde die Queen hier eintrudeln und da musste alles sauber sein. Man wollte nämlich keine Vampir-Queen auf dem Thron Englands. Nein, das wollte er auch nicht. Aber wie zum Teufel konnte, er bei diesem Nebel hundertprozentig sicherstellen, dass der Friedhof sauber war? Er konnte höchstens versuchen zu beweisen, dass es hier Vampire gab. Jim nahm den Knoblauch von seinem Hals und steckte ihn in die Tasche. Dann zündete er sich eine Zigarette an. Er stieß sich von der Wand ab. Pfeifend spazierte er auf dem Weg oder auf dem, was er davon erkennen konnte. Die Waffen hatte er in die Taschen des Mantels gesteckt und umklammerte sie mit schwitzenden Händen, wenn er nicht gerade die Zigarette aus dem Mund nahm.

Da flammte vor ihm im Nebel ein Licht auf. Eine Fackel. Was um Gottes Willen ist denn das, dachte Jim. Er spuckte die Zigarette weg und richtete beide Waffen auf das Licht. Die Fackel wurde von einer merkwürdig hageren Gestalt gehalten.

„Guten Abend, Jim. So spät noch unterwegs?" sagte der Kerl.

Woher wusste der seinen Namen? War das ein neuer Friedhofswärter?

„Wer sind Sie?" fragte Jim. Er hätte es lieber etwas selbstsicherer gefragt, aber seine Stimme klang sehr belegt und zittrig.

„Jim, ich dachte, du wärst gekommen, um uns zu suchen. Und jetzt fragst du so scheinheilig. Wir wollen doch ehrlich zueinander sein, oder?"

Jim hat kein gutes Gefühl bei der Sache. Wenn es so war, wie er dachte, war das hier eine Falle. Es gab jetzt nicht viele Möglichkeiten. Rennen, schießen und rennen, wild um sich schießen und rennen. Jim griff nach dem Knoblauch. Er hängte ihn sich wieder um.

„Du überlegst, wie du hier rauskommst, nicht war Jim?" sagte die Gestalt höhnisch.

„Ich bin bis jetzt überall rausgekommen", erwiderte Jim. Einen Moment fühlte er sich in seine Kindheit versetzt. Als Kind hatte er schlecht verlieren können. Mit Trotz hatte er immer versucht, seinen Willen durchzusetzen, auch wenn es aussichtslos gewesen war. Jetzt ging es allerdings um sein Leben und Jim wusste nicht, ob Trotz ihm dabei helfen würde, es zu retten.

„Bis jetzt, Jim. Bis jetzt", sagte die Gestalt und lächelte. „Heute fängt eine neue Ära an. Dieser Herbst wird alles ändern."

„Nein, nichts wird sich ändern", rief Jim und drehte sich in einer Vorahnung um, gerade noch rechtzeitig, um im Fackelschein den Knüppel zu erkennen, der auf seinen Kopf zu sauste. Es traf ihn hart an der Stirn. Jim ging zu Boden, aber er war nicht ohnmächtig. Er schoss blind in die Dunkelheit und dann auf den Fackelträger. Der blieb ungerührt stehen, als ob Jim ihn mit Erbsen aus einem Blasrohr befeuern würde.

„Nein!" schrie Jim. „Nein! Niemals werdet ihr mich kriegen. Neeeeeiiiiiiin!"

Jim schoss so lange, bis die Magazine leer waren.

Tom starrte auf den Boden. Manchmal ging die Zeit schneller vorbei, wenn man an gar nichts dachte. Plötzlich war man dann weiter, als man erwartet hatte. Aus den Augenwinkeln bemerkte er die Friedhofsmauer. Er beschleunigte seinen Schritt. Je eher er hier vorbei war desto besser. Tom war kein Feigling, noch glaubte er an Geister, aber es war in keinem Fall ein Vergnügen, nachts im Nebel am Friedhof vorbeizulaufen. Wenn schon keine Zombies dort lauerten, dann vielleicht irgendwelche perversen Grabschänder, die auch nichts dagegen hatten, die eine oder andere zusätzliche Leiche zu produzieren. Dann gab es einen Knall. Der Schall war sehr dumpf im dichten Nebel. Tom machte einen kleinen Satz vor Schreck. Er blieb stehen. Da schrie doch jemand. „Nein!" drang aus dem Nebel zu ihm herüber. Es kam vom Friedhof. Auch das noch! Tom wollte nichts anderes, als einfach nach Hause und sich ins Bett legen. Wieder Schreie und Schüsse. Das waren sicherlich Kinder, die spielten. Um diese Uhrzeit? Naja, es gab Eltern, die ihren Kindern alles erlaubten. Tom ging weiter. Dann sah er das Friedhoftor aus dem Nebel auftauchen. Als er es erreicht hatte, blickte er in die Dunkelheit hinter dem Metallgitter. Nein, so dunkel war es gar nicht: Da war ein Licht auf dem Friedhof.

Die Frau war eingeschlafen. In ihrem Gesicht leuchteten die Farben des laufenden Fernsehers. Sie war zur Seite gesackt und hatte ihren Kopf auf die Polster gebettet. Es war herrlich warm in der Wohnung.

Ganz und gar nicht warm war es auf dem Friedhof. Jim lag im Dreck und versuchte, sich zu befreien. Es waren die verzweifelten Bemühungen eines Mannes, der wusste, dass es keinen Ausweg gab. Auf seine Arme und Beine hatte jeweils ein Vampir seinen Fuß gestellt. Weitere Blutsauger konnte Jim in einem Kreis um sich erahnen. Der Fackelträger blickte höhnisch zu ihm hinunter.

„Gib auf, Jim", sagte er. „Heute Nacht siegt das Böse und du bist jetzt schon einer von uns."

„Nein!" rief Jim und bäumte sich vergeblich auf. Dann sank er erschöpft zusammen. Er dachte nicht an das, was passieren würde, er dachte an seine Familie. Er dachte an die glücklichen Stunden, die sie zusammen gehabt hatten und an die vielen, die er sich gewünscht hatte.

„Nein?" fragte der Fackelträger. Er beugte sich herunter und riss Jim den Halsschutz ab. Dabei entdeckte er die Behälter mit dem Weihwasser.

„Sieh her, Jim!"

Er öffnete eine Flasche und trank sie ganz aus. Jim konnte es nicht glauben, jeder normale Vampir wäre explodiert.

„Es ist ein neuer Virus, Jim. Wir werden euch alle kriegen. Das neue Virus lässt sich durch nichts mehr aufhalten und es breitet sich schon unter den anderen Vampiren aus.

Das Ende der Menschheit ist nah und deins ganz besonders."

Blitzende Eckzähne näherten sich Jims Hals. Der Geisterjäger zappelte wie wahnsinnig, aber schraubstockartige Hände hielten ihn fest. Dann spürte er einen Schmerz am Hals und das warme Blut, das aus der Wunde lief. Der Vampir leckte und saugte und bald schwanden Jim die Sinne. Er fiel in eine tiefe Schwärze.

Tom musste das Ganze mit ansehen. Er überlegte, was er tun sollte. Bis jetzt kam es ihm mehr wie eine merkwürdige Zeremonie als ein Mord vor. Außerdem konnte er gegen die vielen Männer sowieso nichts ausrichten. Es war besser, abzuwarten und wenn es schlimmer würde, die Polizei zu rufen. Jetzt kniete der Mann mit der Fackel neben dem am Boden Liegenden. Tom glaubte zu sehen, dass er ihn küsste. Also waren das doch die bescheuerten Perversen, denen er auf keinen Fall hatte begegnen wollen. Nacheinander kniete jeder der Männer und vollführte das gleiche Spiel. Dann mit einem Mal waren sie verschwunden. Nur die Fackel steckte noch im Matsch neben dem Mann, der sich nicht mehr bewegte. Tom wagte sich aus der Deckung der Friedhofsmauer. In der Mitte des Tores versuchte er, besser sehen zu können. Gerade hatte er sich zu der Überzeugung durchgerungen, dass er wohl oder übel den Friedhof betreten musste, wenn er herausfinden wollte, was da los war, als der Mann aufsprang. Tom glitt hinter die Mauer. Vorsichtig lugte er um die Ecke.

Jim kam wieder zu sich. Er war benommen, fühlte sich aber ausgezeichnet. So kräftig und gesund war er in seinem Leben noch nie gewesen. Alle Ängste und Sorgen um seine Familie waren gewichen. Er würde sie noch heute Abend wiedersehen und ihnen dasselbe Geschenk machen, das ihm zuteilgeworden war. Mit einem Satz war er auf den Beinen. Festen Schrittes ging er auf das Tor zu. Aber statt es zu öffnen, sprang er einfach hinüber. Ohne beim Landen zu verharren, marschierte er in den Nebel los. Seine Umgebung war viel klarerer als zuvor. Jim hatte kein Problem mehr mit dem Nebel. Er gefiel ihm sogar ausgesprochen gut.

Tom blieb fast das Herz stehen, als er den Mann diesen Sprung vollführen sah. Er hielt den Atem an und drückte sich so an die Friedhofmauer, dass er schon meinte, selbst aus Stein zu sein. Der Mann ging wie wild in den Nebel los. Was sollte er jetzt machen? Offensichtlich hatte es kein Problem gegeben. Der Mann war quicklebendig, daran bestand kein Zweifel. Doch tief in Tom regte sich eine Ahnung. Die Badewanne musste warten. Tom rannte zu einem Baum. Der Mann war kaum noch zu sehen, einen solchen Schritt legte er an den Tag. Das würde keine einfache Verfolgung werden, dachte Tom und lief so leise er konnte zum nächsten Baum.

Die Frau, die auf dem Sofa eingeschlafen war, schreckte auf. Sie hatte etwas gehört. Gott sein Dank, ihr Mann war nach Hause gekommen! Im Flur klapperte es und sie konnte hören, wie er sich die Schuhe auszog. Dann ging die Tür auf. Ihr Mann guckte fröhlich um die Ecke.

„Hallo! Ich dachte du wärst schon im Bett", flüsterte er.

„Ich hab auf dich gewartet. War's schlimm?" fragte sie und breitete einladend die Arme aus. Er kam näher.

„Wie immer: kein Problem. Ich hab' dir sogar etwas mitgebracht."

„So? Was denn?" fragte sie gespannt.

Tom stand keuchend auf der Straße und sah zum Mehrfamilienhaus hoch. Mit größten Schwierigkeiten hatte er dem Mann folgen können. Der muss Spitzensportler sein, dachte Tom. Er wartete, dass irgendwo ein Licht anging, aber alle Fenster blieben dunkel. Alle bis auf eins, in dem schon Licht brannte. Tom steckte sich eine Zigarette an. Er wollte eine Weile warten und wenn sich dann nichts Neues ergeben hatte, würde er endlich zu seiner Badewanne kommen. Wenigstens konnte er der Polizei sagen, wo einer der Typen wohnte, wenn sie Zeugen suchten. Aber Zeugen wofür?

Tom sah wieder zum erleuchteten Fenster. Zwei Schatten bewegten sich hinter dem Vorhang. Es waren merkwürdig heftige Bewegungen. Dann splitterte Glas.

„Hilfe!" drang es aus dem Inneren der Wohnung.

Adios Badewanne, dachte Tom. Er zählte die Stockwerke und rannte zur Haustür. Die war Gott sei Dank trotz der späten Stunde noch offen. Mit langen Sätzen hetzte er die Treppe hoch. Im vierten Stock angekommen versuchte er sich zu orientieren. Er entschied sich für eine Wohnungstür und presste das Ohr daran. Drinnen waren Schreie und Gerangel zu hören. Tom trat mit Anlauf gegen die Tür. Es passierte nichts, nur Schmerzen im Fuß. Das klappte im Film immer zu einfach. Er versuchte es wieder. Dann begann das Holz zu splittern. Er verstärkte seinen Anstrengung. Mit einem letzten Bersten krachte die Tür aus den Angeln. Tom sprang in die Wohnung. Den Geräuschen folgte er zu einem Zimmer. Mit einem Satz war er drinnen.

Der Mann hatte eine Frau auf dem Boden gedrückt, als ob er sie vergewaltigen wollte. Beide starrten Tom an. Die Frau mit einem Glühen der Hoffnung, der Mann mit nacktem Hass. Tom starrte zurück. Bis hierhin war er gekommen, weiter wusste er nicht.

„Schnell! Er ist ein Vampir! Den Pfahl an der Wand nehmen Sie ihn!" schrie die Frau und begann, sich mit aller Kraft zu wehren.

Nachdem, was Tom bis jetzt mitgemacht hatte, hätte er alles geglaubt. Er sah sich um und entdeckte den Pfahl. Da bemerkte er aus den Augenwinkeln einen Schatten. In letzter Sekunde sprang er zur Seite. Der Vampir krachte wenige Zentimeter neben ihm auf das Parkett. Tom verschwendete keine Zeit damit, sich darum zu kümmern. Er riss den Pfahl von der Wand und drehte sich um. Der Vampir war schon wieder auf den Beinen und setzte zum nächsten Sprung an. Das ließ Tom keine Pause, sich einen Plan auszudenken. Als der Schatten über ihm war, schloss er die Augen und rammte den Pfahl nach oben. Die Spitze stieß auf einen Widerstand und überwand ihn. Mit einem langen Schrei stürzte der Vampir auf Tom und beide fielen zu Boden. Der Untote rührte sich nicht. Tom zappelte unter dem Körper hervor und sprang außer Reichweite.

„Sie haben es geschafft!“ flüsterte die Frau vor Entsetzen und Freude. „Sie haben es geschafft.“ Auf Knien rutschte sie zu dem Toten. Als sie ihn berührte, zerfiel er zu Staub. Sie beugte sich über die Überbleibsel und weinte. Mit feuchten Augen sah sie Tom an, der wie im Schock das Geschehen beobachtete.

„Es war mein Mann. Er war Geisterjäger und er ist ihnen in die Fall gegangen.“

„Was ist passiert, Mama?“ sagte eine Stimme. Tom fuhr erschreckt herum. Da stand ein kleiner Junge im Schlaganzug in der Tür.

„Nichts, mein Kleiner. Geh wieder ins Bett. Ich komme gleich", sagte die Frau.

Tom konnte die nackte Angst in den Augen des Jungen sehen.

„Kommt Papa bald?" fragt er nahe am Weinen.

„Bald, mein Kleiner. Bald", erwiderte seine Mutter, die verzweifelt versuchte, die Tränen zurückzuhalten.

Der Junge drehte sich um und rannte in den Flur.

Tom sah eine Menge Probleme auf sich zukommen, aber vielleicht hatte er auch einen neuen Job.

REA 2

Aus seinem Mund
ragt
ein Schlauch

Er zuckt
unter den
elektrischen Stößen
des Defi

Seine Rippen
krachen
unter meinen
Kompressionen
der
Herzdruckmassage

Das Beatmungsgerät
röhrt
Wir pumpen
ihn voll
mit
Adrenalin

und Infusionen
und allem möglichen

die Verwandten
stehen rum
machen sich
ein Bild
und fragen:
Ist es was Schlimmes?

Nein, sagen wir,
es geht ihm blendend

SZENEN AUS DER GROßEN ZEIT IV

Lord Avendale stand am Fenster. Er starrte geistesabwesend in den großen Park, der zu seinem Schloss gehörte. Sein Diener James befand sich schon einige Zeit im Raum, hatte sich nur nicht getraut zu stören. Jetzt räusperte er sich. Lord Avendale fuhr zusammen.

„Oh, James. Sehr gut, setz dich!" sagte er und deutete auf einen Stuhl.

„Ich bleibe lieber stehen, Sir. Sie haben nach mir gerufen?" hüstelte James.

„Ja. Ich will offen zu dir sein, James."

„Wie meinen?"

„Ich habe alles auf ein Pferd gesetzt. Verstehst du? Alles! Das Haus, den Garten, die Autos, die Konten, meine Familie, euch alle. Alles, was ich besitze."

„Bitte?" James verstand nicht.

„Ich habe heute Morgen für das Rennen gleich um elf alles gesetzt, was mein Eigentum ist nebst meiner Diener und meiner Familie."

„Aber Sir!"

„Ich weiß, James, ich weiß. Ich musste es einfach tun, ich konnte nicht anders. Ich brauche Hilfe James:

Psychologische Hilfe. Aber jetzt ist es zu spät. Wir können nur noch warten."

James musste sich doch setzen. Er hatte gewusst, dass es eines Tages so weit kommen würde.

„Und was ist, wenn Sie gewinnen, Sir?"

Das Gesicht von Lord Avendale hellte sich auf. In seine Augen trat ein verträumter Glanz.

„Zweihundert Millionen Pfund, James", säuselte er.

„Das ist sehr viel Geld, Sir."

„Oh ja! Das ist verdammt viel Geld."

„Wie stehen die Chancen, Sir?"

Das war offensichtlich der Knackpunkt. In Lord Avendales Gesicht fiel wieder Verzweiflung.

„Verstehst du James, bei so viel Geld müssen die Chancen schon sehr schlecht stehen, sonst lässt sich keiner auf eine solche Wette ein."

„Ich verstehe, Sir. Haben Exzellenz etwas dagegen einzuwenden, wenn ich mich zurückziehe und mich meinen Gedanken widme."

„Natürlich nicht, James. Aber wünsch mir Glück. Halt mir die Daumen um elf. Versprichst du mir das?"

„Selbstverständlich, Sir."

James schloss die Tür leise hinter sich. Am Ende des Flurs konnte er das Gesicht von Lady Avendale sehen, das schnell in einem Zimmer verschwand. James ging auf dieselbe Tür zu. Lautlos trat er in den Raum.

Lord Avendale saß am Schreibtisch und lud seine Pistole. Er hatte sich vorgenommen, wie ein Gentleman zu sterben, wenn sich seine Kalkulationen als Reinfall erwiesen. Aus einer Schublade nahm er den Whisky. Er mischte sich ein Glas mit Wasser und trank es gleich herunter. Er goss sich ein zweites mit sehr viel Whisky und sehr wenig Wasser ein. Es war besser, betrunken zu sterben. Lord Avendale hatte seit seiner Jugend einen Hang zum Spielen gehabt. Sein Vater war früh bei einem Autorennen ums Leben gekommen und der kleine Lord war ohne die feste Hand eines Mannes aufgewachsen. Vielleicht war es auch das Spieler-Gen der Avendales, das seit hunderten von Jahren die Familie immer wieder zu Grunde richtete. Alles zu verlieren, hatte bis jetzt aber noch keiner geschafft. Damit würde sich der aktuelle Lord of Avendale sicherlich einen besonderen Platz in der Familienchronik erkämpfen, wahrscheinlich den letzten. Die große Standuhr schlug zehn. Well, dachte Lord Avendale, noch eine Stunde, um die Flasche Whisky zu leeren.

„Ich bring ihn um, das Schwein!" schrie James.

„Nicht so laut, Schatz!" beschwichtigte ihn Lady Avendale. „Wir müssen jetzt einen kühlen Kopf bewahren."

James hatte sein Butlergehabe abgelegt und fuhr sich immer wieder durch die Haare, während er vor dem Fenster auf- und abging.

„Ich wusste es. Ich wusste, dass er eines Tages so weit gehen würde“, schimpfte er und sah Lady Avendale an.

„Ich habe Angst, James. Ich weiß gar nicht, was ich denken soll.“

„Wir müssen ihn umbringen. Und zwar so schnell wie möglich, noch bevor dieses beschissene Pferd ins Rennen geht.“

„Das können wir nicht machen, Schatz. Wir können nicht einfach einen Menschen töten.“

„Er hat schließlich auch unsere Leben auf´s Spiel gesetzt im wahrsten Sinne des Wortes. Ich habe das Ganze schon viele Male im Geiste durchgespielt, es ist ganz einfach. Keiner außer uns Dreien kennt die vielen Geheimnisse dieses Schlosses. Wir können die Leiche verschwinden lassen und niemand wird sie je finden. Und ohne Leiche kein Mord. Wir machen einfach alle Konten leer und hauen in ein Land ab, das nicht ausliefert. Bis die schnallen, was los ist, sitzen wir schon in unserer Villa in der Südsee.“

„Wir können das nicht machen, ich habe diesen Mann einmal geliebt“, flehte Lady Avendale.

„Du willst dich also lieber verkaufen lassen. Wer weiß, was er für eine bescheuerte Wette abgeschlossen hat. Vielleicht sowas wie: ...und außerdem verwette ich die Herzen und die Gehirne meiner Frau und meines Butlers, die ich auf einem silbernen Tablett servieren werde.“

„James, spinn doch nicht rum.“

„Weißt du, was in seinem kranken Kopf vorgeht? Es ist unglaublich, dass er uns mitverwettet hat. Das ist irre, ich traue ihm alles zu."

„Wir können keinen Menschen töten, James. Ich kann das nicht."

„Er oder wir. Das muss dir klar sein. Wenn wir die vierzig Minuten bis elf warten, ist es aus. Ich will das nicht erleben, wenn seine bekloppten Freunde hier anrauschen und mit uns machen, was sie wollen."

„Meinst du, die vergewaltigen mich?"

„Das wird wahrscheinlich noch das Beste an der ganzen Sache sein. Gloria, glaub es mir, wir werden dabei draufgehen."

„Und wie willst du ihn umbringen?"

„Ich werde ihm von hinten eine Plastiktüte über den Kopf ziehen. Wenn er ohnmächtig ist, werfen wir ihn mit Gewichten in den Geheimbrunnen im Hungerturm. Da findet ihn nie einer, nicht in tausend Jahren."

„Dass du dir sowas ausdenken kannst", Lady Avendale sah James mit Angst in den Augen an.

„Gloria, wir haben keine andere Wahl. Er oder wir."

James schloss die Augen. Er rieb sich mit den Händen über das Gesicht.

„Also, abgemacht?" fragte er dann.

„Mach, was du für richtig hältst. Ich will damit nichts zu tun haben. Ich packe einfach unsere Sachen und das Geld und flüchte mit dir. Das andere geht mich nichts an."

James lächelte.

„Die feine Lady Avendale ist auch sehr geschickt. Sie wäscht ihre zarten Hände in Unschuld. Aber ich mach es trotzdem. Und wenn wir geschnappt werden, bist du sowieso dran, Gloria."

„Ich will dich nicht die Drecksarbeit machen lassen, ich kann nur keinen Menschen töten. Versteh das bitte, James."

James versuchte es zu verstehen, während er aus dem Zimmer ging.

Lord Avendale hatte bis halb elf einen Whisky nach dem anderen in sich hineingeschüttet und zuletzt gleich aus der Flasche getrunken. Drei Viertel hatte er geschafft. Dann war er in seinem Sessel zusammengesackt und eingeschlafen und die Pistole war unter den Schreibtisch gerutscht. Er hörte also nicht, als James die Tür leise öffnete und mit einer Plastiktüte den Raum betrat.

Da macht der seelenruhig ein Nickerchen, während seine Frau und sein Diener um ihr Leben bangen müssen, dachte James. Vorsichtig näherte er sich dem Schlafenden von hinten. Sein Blick fiel auf die fast leere Flasche auf dem Tisch. Also war Lord Avendale vollkommen betrunken. So einfach hatte sich James den Mord nicht vorgestellt. Er hob den Kopf seines Opfers leicht an und zog die Tüte darüber. Langsam ließ er das Plastik über das Gesicht gleiten. Unter dem Kinn schloss er die Luftzufuhr ab, aber so, dass kaum eine Berührung zu spüren war. Der Lord atmete unter der Tüte ein und aus. Man konnte gut sehen, wie sich die Folie hob und senkte. Mit einem Mal bewegten sich seine Hände Richtung Gesicht. Das war die Bewegung, auf die James gewartet hatte. Mit aller Kraft zog er die Tüte am Hals zu und stemmte sich von hinten gegen den Sessel. Es war ein schrecklicher Kampf. James konnte die Verzweiflung seines Opfers am eigenen Leibe spüren. Mehr als einmal wurde ihm so übel, dass er beinahe losgelassen hätte. Aber immer wieder halfen ihm die Gedanken an die Ungeheuerlichkeiten seines Herrn, die Tüte fester zuzuschnüren. Die Gegenwehr wurde schwächer. Dann kam die Ohnmacht über Lord Avendale. James wusste, dass sein Herr noch nicht tot war. Noch konnte er von seiner schrecklichen Tat Abstand nehmen. Aber sein eigenes Leben gegen das eines notorischen Spielers tauschen, dem nichts heilig war und der über andere Leben verfügte, als seien sie Autos oder Grundstücke? Nein, er würde das zu einem Ende bringen, was er angefangen hatte.

James schwitzte. Einen Augenblick musste er sich auf dem Schreibtisch abstützen und Atem holen. So ein Mord war Schwerstarbeit! Auf der Lederschreibtischunterlage lag ein rosafarbener Zettel. James drehte ihn um. Auf dem Papier standen nur zwei Worte: Blue Moon. Was sollte das denn bitte sein? Hatte Lord Avendale jetzt schon den Mond verwettet? James betrachtete seinen Herrn mit der Plastiktüte über dem Kopf. Er sah lächerlich aus. Jetzt hatte es sich ein für alle Mal ausgewettet. James griff die Kopflehne des Sessels, der Gott sei Dank Rollen hatte, und schob ihn zur Tür. Womit sollte er den Lord nur beschweren, damit er nicht aus dem Brunnen auftauchte? Vielleicht mit den Sessel?

Lady Avendale war auf dem Rückweg von der Bank. Hinten in ihrem Rolls Royce hatte sie einen Koffer mit Geld und die Flugtickets. Mit zwanzig Millionen Pfund ließ sich schon eine Weile leben, dachte sie. Die Avendales hatten einen Deal mit der Bank, der solche Abbuchungen in kurzer Zeit möglich machte. Lady Avendale hatte auch ansonsten alles mitgenommen, was leicht zu Geld zu machen war.

Nervös fummelte sie am Radio herum. Die Nachrichten um elf Uhr waren gerade vorbei und es kamen die Rennergebnisse.

Lady Avendale schaltete ab und drückte aufs Gaspedal. Bald würden die Gläubiger ihres Mannes auftauchen und den Besitz in Beschlag nehmen.

James hatte den Zettel gefunden. Lady Avendale teilte ihm darauf mit, was er noch zu packen hatte, wenn er mit seiner „Arbeit" fertig sei. Jetzt stand er von einem Fuß auf den anderen tretend vor dem großen Portal des Schlosses von Avendale und wartete auf seine Geliebte. Da erschien der Rolls Royce mit hoher Geschwindigkeit in der Einfahrt.

Wenige Sekunden später hielt der Wagen vor ihm an. James verstaute das Gepäck im Kofferraum und stieg auf der Beifahrerseite ein.

„Hat alles geklappt?“ fragte Lady Avendale.

„Er musste nicht lange leiden“, sagte James.

„Hast du die Sachen eingepackt? Die Ausweise?“ wollte sie wissen.

„Ich hab alles eingepackt. Fahr los! Wir haben es schon zehn nach elf.“

Lady Avendale folgte der Anweisung. Sie verließen das Anwesen. Keiner der beiden konnte und wollte begreifen, was sie eigentlich gerade machten und dass sie zum letzten Mal in ihrem Leben das Anwesen Avendale gesehen hatten. James beobachtete die Landschaft. Bald waren sie auf der Schnellstraße und näherten sich London und ihrem Flug in die Freiheit und ins Glück.

„Ich habe eben die Nachrichten und die Ergebnisse des Rennens um elf gehört“, sagte Lady Avendale, um das Schweigen zu brechen.

„Und wer hat gewonnen?“ fragte James.

„Blue Moon“, antwortete Lady Avendale.

WEIHNACHTSMANN GESUCHT

Seit einem Jahr war Herr Hering Rentner. Doch das war nicht der Grund dafür, dass er mitten in der Nacht aufgewacht war. Die Nachttischuhr zeigte vier Uhr 22. Herr Hering fröstelte. Vielleicht hatte die Kälte, die durch das offene Fenster hereinkam, ihn geweckt. Er schlüpfte in die Pantoffeln, die neben seinem Bett standen, und ging zum Fenster, um es etwas mehr zu schließen. Plötzlich jedoch stutzte er: Da war ein Geräusch. Es klang wie ein Schluchzen. Katzen, dachte Herr Hering, blöde Viecher. Er schob die Gardine zur Seite und schloss das Fenster.

Mit einem gedämpften Schrei sprang er zurück. Auf dem Balkon saß ein weißgekleideter Junge und weinte. Herr Hering sah ihn deutlich im Mondlicht.

Er duckte sich und kroch langsam zum Fenster zurück. Über die rechte untere Ecke der Scheibe lugte er auf den Balkon, wobei er sich Mühe gab, im Schatten zu bleiben. Da saß tatsächlich ein kleiner Junge mit blonden Locken und in einem dünnen weißen Gewand und hatte den Kopf in den Armen vergraben. Immer wieder waren Schluchzer zu hören. Herr Hering bemerkte auch etwas Merkwürdiges wie einen Rucksack auf dem Rücken des Jungen.

Irgendetwas musste er tun. Die Polizei rufen? Nein! Seinen Nachbarn Wilfried rausklingeln? Besser nicht. Eins stand fest: Der Junge war ihm eine Erklärung schuldig. Herr Hering nahm seinen ganzen Mut zusammen. Er stand schnell auf und öffnete das Fenster, bevor er es sich anders überlegen konnte.

"Kleiner... Sag mal, was machst du denn da in der Kälte?" fragte Herr Hering mit zitternder Stimme.

Der Junge sah auf. Sein Gesicht schimmerte im kalten Mondlicht vor Feuchtigkeit. Er schien weder Angst zu haben, noch überrascht zu sein.

"Ich friere nicht", sagte er schließlich zwischen zwei Schluchzern. „Ich bin ein Engel."

"Ach so", Herrn Hering schien diese Behauptung nicht ganz abwegig. "Und was machst du dann auf meinem Balkon?"

"Ich war nur so traurig, dass ich irgendwo landen musste. Ich hab nichts mehr gesehen vor lauter Tränen."

Das leuchtete Herrn Hering ein. Früher hätte er das alles vielleicht als Streich abgetan und den kleinen Jungen einfach aus der Wohnung geworfen oder die Polizei geholt. Doch seit einigen Jahren sehnte er sich immer mehr nach dem Geheimnisvollen und Unerklärlichen. Insgeheim hoffte er, dass der Kleine wirklich ein Engel war und hier ein waschechtes Wunder auf seinem Balkon stattfand.

"Vielleicht willst du erstmal einen Kakao trinken und dich etwas aufwärmen?" fragte Herr Hering schüchtern. "Dann kannst du ja immer noch weiter weinen."

Der Engel lächelte einen kurzen Augenblick. Er stand auf und im Mondlicht sah Herr Hering plötzlich, dass das Merkwürdige auf dem Rücken des Jungen Flügel waren. Der Kleine kletterte flink durch das Fenster. Herr Hering musste fast zurückspringen, um nicht mit ihm zusammenzustoßen.

"Ja, komm mal mit."

Herr Hering ging zur Tür. Dort knipste er das Licht an. Nun konnte er den Engel zum ersten Mal richtig betrachten. Er sah eigentlich sehr irdisch aus: Ein kleiner Junge, dem Schnotten aus der Nase lief und dem das ganze Gesicht mit Tränen verschmiert war. Er hatte graue Augen und die blonden Locken standen ihm wirr vom Kopf ab. Der Rest des Körpers war mit einem weißen Gewand bedeckt, aus dem nur die Hände, die nackten Füße und die Flügel herausschauten. Ja, die Flügel. Die standen nicht steif ab wie die Pappeflügel bei der Weihnachtsgeschichte in der Kirche. Sie bewegten sich und lebten richtig.

"Die sind echt und ich bin wirklich ein Engel. Du kannst ruhig mal anfassen."

"Nun, äh..."

Herr Hering schämte sich ein wenig. Er berührte die Flügel sehr vorsichtig. Die Federn waren sauber und flauschig und man konnte Wärme spüren und wie Blut (oder was das bei Engeln auch immer ist) pulsierte.

"Du... Du bist doch nicht gekommen, um mich in den Himmel zu holen?" fragte Herr Hering erschrocken.

"Nein, das machen die Todesengel. Die sind ganz anders als ich. So viel größer und nur aus Licht gemacht."

"Na gut. Dann willst du jetzt sicher deinen Kakao?"

"Ja, gerne!"

"Komm mit!"

In der Küche setzte Herr Hering einen Topf mit Milch auf. Er nahm zwei Tassen aus dem Schrank und gab etwas Kakao und einen Löffel in jede. Der Engel hatte sich auf einen Stuhl gesetzt, konnte aber gerade so eben die Arme auf den Tisch legen, so klein war er.

Herr Hering riss ein Stück Küchenpapier ab.

"Hier, für die Tränen."

"Danke", sagte der Engel. Er wische die Tränen ab und schnäuzte sich ausgiebig.

Herr Hering schenkte die Milch ein.

"Müssen Engel überhaupt was essen?" wollte er wissen.

"Ich ja. Ich bin hier auf der Erde stationiert und muss essen und trinken und schlafen. Aber ich friere zum Beispiel nicht und solche Sachen. Es ist ganz schön kompliziert."

Der kleine Engel nippte an seinem Kakao.

"Du musst ihn erst umrühren", sagte Herr Hering und demonstrierte es bei seiner Tasse.

"Weiß ich doch!" sagte der Kleine und rührte so kräftig, dass einiges daneben ging. Herr Hering beobachtete ihn, wie er immer größere Schlucke nahm. Der Kleine war ganz drollig. Plötzlich wünschte Herr Hering sich selber Kinder. Um den Gedanken zu verdrängen, fragte er: "Erzählst du mir jetzt, warum du so traurig bist?"

Der Engel blickte ihn an und stellte die Tasse wieder richtig hin. Herr Hering sah die Tränen aus den Augen hervorkriechen. Der Engel schluchzte.

"Er ist tot... Er ist tot...", jammerte die kleine Gestalt und verbarg ihren Kopf hinter den Händen.

Herr Hering war verwirrt. Konnte man denn im Himmel noch einmal sterben?

"Wer ist tot?", fragte er.

"Na, der Weihnachtsmann!" weinte der Engel.

Herrn Hering wäre es lieber gewesen, wenn er jetzt Rum im Kakao gehabt hätte.

"Der Weihnachtsmann? Aber warum denn?"

Der Engel schluchzte und konnte kein Wort herausbringen. Herr Hering stand auf. Irgendwo musste doch noch der Rum zum Backen sein. Er kramte im Schrank, fand die Flasche und sah über die Schulter. Der Engel weinte leise in seine Hände. Herr Hering nahm einen tiefen Schluck. Einen weiteren goss er in seinen Kakao und stellte die Flasche unter den Tisch.

Er rührte um. Vorsichtig streckte er die andere Hand aus. Der Kopf des Kleinen glühte und zitterte. Er streichelte über die Haare. Sofort schien das Weinen weniger laut. Als der Engel den Kopf hob, zog Herr Hering die Hand zurück.

"Er ist tot, der Weihnachtsmann. Der Teufel hat ihm eine Falle gestellt und jetzt ist der Weihnachtsmann tot."

Herr Hering reichte dem Engel noch etwas Küchenpapier.

"Soll das heißen, dass es dieses Jahr keine Geschenke mehr gibt?" wollte er wissen.

"Nein, nie wieder!"

Der Engel fing bitterlich an zu weinen. Fast hätte Herr Hering auch geweint. Er streichelte über den kleinen Kopf und fragte:

"Kann man denn keine neuen Weihnachtsmänner anstellen?"

"So kurz vor Weihnachten? Das schaffen wir nicht mehr!" weinte der Kleine.

Herr Hering betrachtete sich im Küchenfenster, wie er dem Engel über den Kopf streichelte. Auch die Uhr spiegelte sich in der Scheibe und zeigte bereits fünf an. Das war nicht weiter schlimm, er hatte Morgen nichts Wichtiges vor. Vielleicht würde er wie jeden Tag an seiner Eisenbahn herumbasteln oder seinen Nachbarn besuchen. Nichts Bemerkenswertes. Herr Hering stellte sich sein Gesicht mit einem langen weißen Bart vor. Vielleicht war das hier die Chance, auf die er sein ganzes Leben gewartet hatte.

"Ich würd's machen", sagte er leise.

"Was?" schluchzte der Engel unter seine Händen.

"Ich würd´ für euch den Weihnachtsmann machen!"

Der Engel sah Herrn Hering erstaunt an.

"Du?"

"Ja, wieso nicht? Ich hab sonst nichts vor."

Der Engel überlegte.

"Du musst aber eine Prüfung machen."

"Ich kann's ja probieren."

"Und du musst vielleicht hundert Jahre oder noch mehr arbeiten."

"Würd´ ich machen."

"Und der Teufel und alle Bösen sind ständig hinter dir her."

"So schlimm wird's schon nicht werden."

"Den letzten Weihnachtsmann haben sie auch erwischt."

"Naja, vielleicht hatte der einfach Pech."

"Du willst es wirklich machen?"

"Ja! Wirklich!"

Der kleine Engel strahlte. Er sprang auf Herrn Herings Schoß und umarmte ihn.

"Das wird toll. Glaub's mir. Das wird ganz toll."

"Schon gut. Wann geht's denn los?"

Der Engel starrte einen Augenblick aus dem Fenster.

"Morgen Nacht komme ich wieder. Du kannst dich bis dahin bei allen deinen Freunden verabschieden und deine Sachen packen. Du kannst alles mitnehmen, was du willst.

Und deine Freunde kannst du auch immer wieder besuchen. Das wird ganz toll, glaub's mir."

Herr Hering sah sich wieder in der Scheibe an. Es war die beste Beschäftigung, die er sich als Rentner wünschen konnte.

Am nächsten Abend wuchtete Herr Hering frierend und mit dampfendem Atem zwei große Koffer auf seinem Balkon. Der feste Schnee knirschte, als er sie nach vorne an das Geländer schob. Er zog die Glastür hinter sich zu, bis sie leise klickte und starrte dann noch einen Moment in seine dunkle Wohnung. In Gedanken verabschiedete er sich bei seinem alten Leben. Im Laufe des Tages hatte er sehr mit Zweifeln gekämpft, ob die Erlebnisse des vergangenen Abends auch Wirklichkeit gewesen waren. Jetzt aber war er sich wieder sicher. Seine Augen starrten nun nicht mehr in die Dunkelheit der Wohnung, sondern betrachteten den sich spiegelnden Mond in der Scheibe. Herr Hering drehte sich um. Die Kälte schnitt in sein Gesicht. Auf dem Kopf trug er eine alte Bärenfellmütze, die er aus den Tiefen eines Schrankes gekramt hatte. Den Rest seines Körpers hatte er mit einem großen Mantel, gefütterten Stiefeln und einem Schal geschützt. Trotzdem bibberte er ziemlich, aber das war wohl eher die Aufregung als die Kälte.

Langsam wurde Herr Hering ungeduldig. Er suchte den Himmel nach irgendwelchen Zeichen ab. Der Mond schien so hell, dass er nicht lange direkt hinsehen konnte.

Gebannt starrte er auf die vielen funkelnden Sterne. Einige wirkten wie ferne Kerzen, die mal in Weiß, mal in Blau, mal in Rot flackerten. Das Licht erschien im so rein und wunderbar, dass ihm ganz feierlich zu Mute wurde. Bald würde er selbst über den Himmel fliegen und den Sternen näher sein als jemals zu vor. Dort oben würde er sich in einem Licht baden können, dass vielleicht Millionen von Jahren durch das dunkle All gereist war.

Dann spürte er etwas in seinem Kopf. Zuerst war es wie ein Tagtraum oder ein Gedanke an etwas Schönes, dann wandelte es sich zu einer unhörbaren Melodie, die nur in ihm selbst widerklang. Es war wie die Schwingung von glitzernden Eiskristallen in einer Höhle. Herr Hering suchte den Himmel ab, konnte aber nichts entdecken. Er begann leicht zu zittern, als die Melodie in ihm lauter wurde, ohne hörbar zu sein und dann doch ganz leise aus weiter Ferne erklang. War das endlich der kleine Engel, der ihn abholen würde? Er vernahm einen Klang wie von Glocken, die eine Melodie spielten. Ähnliches hatte er noch nie in seinem Leben gehört. Die Musik war so dicht, dass er sie förmlich zu sehen glaubte. Sie füllte alles um ihn herum und schien weder von Beton noch Glas aufgehalten werden zu können. Und dabei war sie weder laut noch aufdringlich, sondern einfach vollkommen anwesend und fesselnd. Wie ein leuchtender Energieschleier legte sie sich auf das Hochhaus, in dem er lebte, und auch die ganze

Umgebung schien verzaubert zu sein. Die Glockenmusik ließ keine anderen Geräusche zu.

Wie wahnsinnig drehte Herr Hering seinen Kopf. Endlich sah er etwas, dass über dem Hochhaus ein Runde zu drehen schien und sich dann langsam herabsenkte. Er konnte es nicht genau erkennen, aber es war ein dunkles Gebilde, von dessen Unterseite kleine Funken sprühten und das ohne Zweifel der Urheber der Melodie war. Immer näher kam es und nicht ohne Angst drückte sich Herr Hering in eine Ecke seine Balkons. Das Ding hatte die Höhe des Geländers erreicht, sank noch ein Stück und stand dann still. Der Klang verebbte langsam.

"Was hast du denn?" fragte eine Stimme.

Herr Hering kam langsam wieder auf die Beine und während er sich von seinem Schock erholte, erschien das Gesicht des kleinen Engels über dem Geländer.

"Du bist doch nicht krank, oder?"

Der Engel sprang auf den Balkon und betrachtete den Rentner mit ängstlichem Blick.

"Nein... Schon gut. Es geht gleich wieder", keuchte Herr Hering und atmete dann tief ein.

"Es ist nur dieses Gefährt oder was es ist."

"Das ist der Schlitten vom Weihnachtsmann", erklärte der kleine Engel.

"Es war nur so überwältigend. Besonders die Musik und das alles."

"Ach, da gewöhnt man sich dran", sagte der Engel und besah sich die Koffer. "Das ist dein Gepäck?"

Herr Hering hatte sich vollends erholt und konnte sogar ohne weiche Knie stehen.

"Ja, das ist alles, mehr habe ich nicht."

"Wir hätten ruhig noch mehr mitnehmen können. Jetzt sieh dir den Schlitten erstmal in Ruhe an, dann packen wir und dann geht's los. Oder hast du es dir noch mal anders überlegt?"

Der kleine Engel sah besorgt aus.

"Nein, nein. Ich komme mit. Hier habe ich kaum was zu tun. Ist richtig langweilig."

Herr Hering tastete sich mit den Füßen nach vorne und griff das Geländer. Er erblickte zwölf Rentiere, die vor den Schlitten gespannt waren. Die Tiere dampften unter den roten wollenen Decken, die über ihren Rücken lagen. An den Decken und Geweihen hingen kleine Glocken, die offensichtlich die Musik gemacht hatten. Wie auf ein Kommando sahen alle Rentiere Herrn Hering an. In ihren Augen lag ein freundlicher Glanz und der Rentner verlor alle Scheu.

Der Schlitten war riesig. Vorne war offensichtlich der Bereich für den Kutscher. Vier oder fünf Leute hätten dort Platz gehabt. Eine hohe gepolsterte Lehne ging in einen gepolsterten Sitzbereich über, der aber weitgehend von Decken und Kissen verdeckt war. Die Decken waren vorne mit dem Fußteil verbunden und konnten in verschiedenen

Höhen mit den Armstützen und der Lehne des Schlittens befestigt werden, um den Fahrer vor Kälte und Schnee zu schützen. Herr Hering sah auch einige Vorrichtungen, die er für ein Überdach und Seitenwände hielt, die man im Notfall herausziehen konnte. Der hintere Teil des Schlittens war wohl ein Laderaum für die Geschenke.

"Gefällt er dir?" fragte der Engel.

Herr Hering nickte nur abwesend.

"Steig schon mal ein. Ich gebe dir deinen Koffer an"

"Einsteigen?" fragte Herr Hering. "Wie denn?"

"Tritt einfach auf die Sitzbank und setz dich dann hin."

Herrn Hering brach der Schweiß aus. Er hatte schon immer Höhenangst gehabt. Jetzt musste er im elften Stock in einen schwankenden Schlitten einsteigen, der wie er bis heute gedacht hatte, nur in der Fantasie von Kindern und Werbestrategen existiert hatte. Ihm war regelrecht übel, als er über das Geländer kletterte und seine Füße auf den Schlitten zu setzten versuchte. Unter sich sah er die Straße mit Menschen und Autos. Als er etwas unter seinen Füßen spürte, griff er die Armstützen am Schlitten und zog sich mit geschlossenen Augen hinüber. Das Gefährt schwankte. Herr Hering setzte sich hin. Der kleine Engel stand mit seinen Koffern schon auf dem Geländer. Mit einem Satz sprang er neben ihn und verfrachtete die Koffer im Fußraum.

"Deck dich etwas zu. Es wird gleich noch kälter, wenn wir fliegen."

Herr Hering vergrub sich unter Decken.

"So, ich zeig es dir jetzt erstmal. Beim nächsten Mal darfst du dann. Also, eigentlich geht alles wie von alleine", erklärte der Engel.

Herr Hering lachte nervös.

"Wirklich! Also, siehst du die Glocken?"

"Die an den Decken und am Geweih?"

"Genau. Die machen so eine Art Zaubermusik und legen einen Klangteppich unter den Schlitten, auf dem die Rentiere laufen können. Ist das verständlich?"

Herr Hering musste wieder lachen.

"Kann ich mir schon vorstellen."

Der kleine Engel war zufrieden.

"Im Prinzip können die Rentiere auch so fliegen, aber das ist zu anstrengend über weite Strecken und außerdem ist es viel schöner mit der Musik. Später hört man sie gar nicht mehr, sondern sieht nur noch die kleinen Funken, der einzelnen Töne, die den Zauberteppich bilden und spürt die große Fröhlichkeit der Musik. Ansonsten einfach Hüh sagen und los geht´s. Guck's dir mal an: Hüüüüüüüühhh!"

Der kleine Engel rief das Kommando und die Tiere setzten sich blitzschnell in Bewegung.

Der Schlitten sauste in den Himmel. Herr Hering blickte nach unten und dann ließ er alle Sorgen fallen. Vielleicht war es die Musik oder er hatte sich einfach auf sein neues Leben eingestellt. Sein Blick glitt von der Stadt in den Himmel und betrachtet wie zuvor auf dem Balkon die Sterne.

Sie leuchteten noch klarer und gewaltiger. Der Schlitten schien mitten im Raum mit den Sternen zu schweben. Herr Hering fühlte sich wohl. Doch dann erwachte ein neuer Sorgengedanke.

"Was ist mit der Weihnachtsmann-Prüfung?"

"Ach, die...", sagte der kleine Engel. "Die hast du schon bestanden. Du musstest dich einfach entscheiden mitzukommen."

MODERNE ZEITEN

Die Burg lag malerisch auf den schroffen Klippen direkt am Meer. Der feine Sprühnebel der Gischt zog sich sanft zum höchsten Turm der Burg, der im matten Mondlicht glitzerte. Fünfzwanzig Menschen schritten gemächlich über den Hof in Richtung Festhalle. Das waren die Leibwächter des Königs Grim, Hilter, Malorn, Himbert, Galaka, Fust, Raimon, Ingler, Herdok, Jakt, Ferannon, Quelk, Portu, Langoril, Caulan, Hollandur, Liberum, Minnk, Gundular, Yakol, Pendrum, Kaila, Furrundal, Hamp und Poolan, der Anführer.

Grim, der erste der dritten Garde, starrte grimmig zu Kaila hinüber, dem ersten der zweite Garde. Er gönnte ihm seine goldene Feder nicht, die er an seiner Mütze trug und die frech beim Schreiten hin und her hüpfte. Kaila wiederum konnte nur an seine Verlobte Imura denken, die er mit dem Stallburschen Limb betrogen hatte. Ferranon überlegte gerade, wie er Furrundal umbringen konnte, bloß aus Langeweile, als ihnen siebzehn Personen entgegenkamen.

Es waren die Huren der Stadt, die den Tag über den König verwöhnt hatten. Sie hießen Amal, Dinka, Inka,

Omalia, Reda, Fula, Amalda, Wera, Trude, Filua, Colpa, Gulinda, Feurika, Veronika, Külona, Gabriele und Yaula. Als sie der Leibgarde des Königs gewahr wurden, vergaßen sie den harten Zuritt durch den König und wurden wieder scharf. Amal, die groß gewachsen war und goldene Haare hatte, erreichte als erstes Jakt, dem sie leidenschaftlich um den Hals fiel. Und schon fummelten alle aneinander rum. Poolan und Hamp probierten ihre Bi-Neugierigkeit aus. Aber der Rest machte hetero weiter: Ingler schnappte sich Filua, Galaka und Minnk kümmerten sich um Gulinda. In dem ganzen Gewühl war selbst für den aufmerksamsten Chronisten nicht klar zu erkennen, wer was mit wem machte. Den meisten war selbst nicht ganz klar, wen sie da hatten. Jedenfalls sah man sehr viele Brüste und Sixpacks. Es wurde leidenschaftlich geküsst und gestreichelt. Mehr konnte man im Mondlicht nicht erkennen, aber es sollte klar sein, dass sehr viele Verwicklungen aus diesem Getümmel erwachsen werden. Eine Menge Leute war sowohl sexuell erregt als auch eifersüchtig und sauer. Außerdem wurde Furrundal noch abgestochen, aber das störte erstmal keinen.

Da flog die Tür zum großen Saal auf und sechsunddreißig Personen verließen diesen vergnügt schwatzend. Es war der König Galand mit seinem Gefolge. Die Diener Rim und Orannon gingen direkt an seiner Seite. Dicht gefolgt wurden sie von Heramd, Urapidil, Acetyl, Salicyl, Sauron,

Hinkul und Berger, den Ministern des Königs. Zu diesen mischten sich die Hauptkonkurbinen des Königs Linda, Gabi und Geela. Dabei waren außerdem zwei Dutzend Personen, die man in der Dunkelheit nicht richtig erkennen konnte. Es müssten aber Asda, Vulkan, Orlop, Pülmalia, Kira, Dental, Melkor, Sagut, Helda, Cham, Fretwu, Ui, Olma, Irindur, Zetre, Bylö, Fuzt, Buolka, Tilda, Hern, Timo, Ralli, Dernwal und Notar gewesen sein.

Furrundal bemerkte sie als erstes, aber da er gerade starb, konnte er keinen davon unterrichten. Die anderen waren zu schwer beschäftigt. Dann sahen sich Galand und Poolan, der Anführer der Leibgarde, direkt in die Augen und Poolan erstarrte. Er hätte nie gedacht, dass er hier mitten auf dem Hof beim Sex erwischt werden würde. Auch Herdock erstarrte mitten im Liebesrausch. Gabriele und Yaula stiegen verlegen von Pendrum. Quelk zog Portu hoch.

DER STERBENDE GREIS

Der sterbende Greis sitzt im Nachthemd auf der Kante seines Betts und baumelt vergnügt mit den Beinen. Um ihn herum stehen in einem Halbkreis der Arzt, der Pfarrer, seine Kinder und seine Enkel. Sie alle warten im abgedunkelten Zimmer mit saurer Miene auf seinen Tod.

„Herr Pfarrer", sagt der Greis und hört einen Moment auf, mit den Beinen zu baumeln. „Wo ich nun sterben muss, wollte ich Ihnen noch etwas sagen."

Man sieht dem Pfarrer an, dass er keine Lust hat, hier zu sein. Man sieht ihm an, dass ihn dieser aufsässig fröhlich Sterbende abgrundtief nervt.

„Äh, was?" fragt er kurz angebunden.

„Ich habe mein Geheimnis, warum ich so vergnügt alt geworden bin. Und das möchte ich euch allen heute mitteilen."

Der Greis starrt erwartungsvoll in die Gesichter der Anwesenden. Einige verdrehen die Augen und der Arzt fühlt sich genötigt, nicht nur nutzlos herumzustehen, sondern auch mal etwas zu sagen.

„Bitte! Regen Sie sich nicht auf. Ich bin ja bei Ihnen."

„Ich rege mich nicht auf", stellt der Greis fest. „Ich will euch nur das Geheimnis meines Alters und meiner Zufriedenheit verraten. Es ist meine eigene Religion."

Der Arzt kniet über seinem Koffer und zieht in einer Spritze ein Beruhigungsmittel auf. Doch der Greis lässt sich davon nicht entmutigen.

„Nein, keine Angst Herr Pfarrer. Ich habe mir nicht meine eigene Sekte zugelegt. Es ist viel einfacher. Meine Religion ist das Christentum, aber ich habe es um ein paar wesentliche Bereiche erweitert. Auf die moderne Zeit zurechtgeschnitten sozusagen."

Der Arzt tritt mit der gefüllten Spritze ans Bett.

„Herr Doktor, lassen Sie mich nur das noch erzählen. Dann will ich auch ruhig sein und brav sterben. Sie können einem Todgeweihten nicht diesen letzten Wunsch abschlagen. Bitte!"

Der Arzt blickt die Angehörigen an. Die zucken mit den Schultern. Er seufzt und legt die Spritze auf das Bett.

„Na gut!" sagt er. „Erzählen Sie uns diese Geschichte, aber danach ist wirklich Schluss."

„Versprochen!" freut sich der Greis. Er lacht leise vor sich hin.

„Ich bin mein ganzes Leben lang ein Spießbürger gewesen und habe es genossen. Das ist die einzige Art von Sicherheit auf dieser Welt, wenn man dazu ein wenig Glück hat: Haus, Garten, Familie mit mehr als zwei Kindern,

Beruf, Freunde, Hobbys und Urlaub. Und sonst nichts. So könnte ich ewig weitermachen und das werde ich auch.

Das Leben ist wie ein Fest und der Tod ist, wenn man nach Hause gehen muss: Man trinkt noch sein Glas aus, sagt dem Gastgeber und einigen Anwesenden, die einem wichtig sind, auf Wiedersehen, im Vorbeigehen nimmt man ein Schnittchen vom Büfett mit, man zieht sich warm an und tritt vor die Tür. Dann geht man in die Dunkelheit los, mit dem Ziel, nach Hause zu kommen.

Meine Religion ist, dass ich glaube, dass alles so sein wird wie immer. Wenn ich tot bin, stehe ich plötzlich am Anfang unserer Straße und gehe sie runter bis zu unserem Haus. Und dann werden sie alle da sein, meine Eltern und Geschwister, Tanten, Onkels und Freunde und alles wird so sein, wie ich es mir im himmlischen Leben wünsche. Denn genauso wie es das himmlische Jerusalem gibt, gibt es auch eine solche Ausgabe meiner Heimatstadt.

Und wir werden das ruhige, schöne und gleichmäßige Leben für alle Zeiten genießen. Deshalb habe ich keine Angst vor dem Tod, er ist wie das Leben nur sicherer."

Der Greis legt sich aufs Bett, schließt die Augen, lacht und stirbt

DER WEISE HAI

Ich stand auf der Fähre an der Reling und spähte in den sich ergebenden Abend hinaus. Drinnen waren alle am Kotzen und so war ich raus gegangen, weil ich sonst vielleicht auch noch drankommen würde. Ich sah nicht mehr viel außer der roten, untergehenden Sonne. Aber das machte mir wenig. Ich stand einfach da und merkte, dass sich das Schiff auf einmal total schnell bewegte und ich wusste, dass es besser wäre, drinnen zu sein als draußen, weil der plötzlich aufkommende Sturm dicke Wellen über das Deck warf.

Und da! Hui! Hatte mich eine erfasst.

Hey! Dachte ich und war total verdutzt. Und dann war der Sturm auch schon vorbei und ich lag im Wasser und das Schiff fuhr weg.

"Hey! Bleibt doch!" rief ich heiser.

"Komm Schiff! Ey! Rette mich jemand!" sagte ich dann.

"Komm schon, komm schon! Bitte! Hallo!" folgte als nächstes.

Aber keiner schien mich zu hören oder hören zu wollen. Ich sah zwar 'ne Menge Leute an Deck, die Zigaretten rauchten. Aber die unterhielten sich wohl.

So planschte ich umher.

„Dann schwimm ich halt woanders hin, wenn ihr mich nicht wollt“, sagte ich mir.

„Ich hab sowieso keinen Bock auf das Scheißschiff! Blöde Kacke!“ schrie ich und drehte mich im Wasser um. Da sah ich den weisen Hai, der geradewegs auf mich zu schwamm.

Ich war ziemlich sauer, dass ich jetzt gefressen werden würde, aber wenigstens musste ich dann nicht so allein ertrinken. Und da war der Hai auch schon da. Ich schloss die Augen und konzentrierte mich darauf, unerträglichen Schmerz erdulden zu müssen.

Aber nichts passierte. Ich machte die Augen wieder auf und sah in das Gesicht des Hais. Er sah muffig aus. Ich fragte, ob er irgendwie nicht so toll drauf sei. Plötzlich fing der Hai total an rumzumeckern und schrie mich an. "Du dummes Stück Scheiße. Du kannst mich mal am Arsch lecken!"

Ich dachte mir, dass der Hai vielleicht einfach einen schlechten Tag hätte und bot ihm eine Zigarette an. Der Hai nahm gerne eine. Aber leider war das die letzte und ich hatte sowieso mein Feuerzeug verloren. Der Hai sagte, er könne eben mal zum Duty-Free-Shop schwimmen und 'ne Stange Camel und Feuer holen. Ich sagte: „OK!“

Und schon brauste der Hai los und schwamm auf die Lichter des Schiffes am Horizont zu. Ich war wieder alleine und döste ein wenig.

Der Hai war ein nicht besonders gern gesehener Kunde im Duty-Free-Shop und das, obwohl er Kettenraucher war. Er war nämlich immer sehr unhöflich und machte alles nass. Außerdem bezahlte er in Kronen und die wollte hier keiner. Aber der Kapitän traute sich nicht, ihn rauszuschmeißen, weil der Hai mittwochs immer zum Kung Fu geht.

„Ich will Zichten", schrie der Hai schon von weitem. Die Leute, die den Hai nicht kannten, waren sehr unangenehm überrascht. Da rempelte ein Blinder den Hai an.

„He, du Penner", schrie der Hai und schubste den Mann gegen die Toilettentür. Der Mann krachte voll mit dem Kopf auf das Pissbecken. Einige Leute reifen Buh. Das war dem Hai dann doch etwas peinlich. Er wusste, dass er sich manchmal nicht unter Kontrolle hatte. Er richtete den Mann auf und gab ihm ein Taschentuch, damit er sich das Blut vom Gesicht wischen konnte.

Jetzt war der Hai war noch schlechterer Laune. Er ging bis zum Duty-Free-Shop und blieb vor der Tür stehen. Er dachte, dass er nicht so viel Fischstäbchen essen sollte, denn er hatte einen ganz schön großen Bauch und passte nicht durch die Tür.

„Kassierer", schrie er. „Sieben Stangen Camel und zwei Feuerzeuge. Und zwar dalli."

Der Hai grinste innerlich. Er sah, wie sich der nasse Teppich schon zu wellen begann. Er liebte es, Unheil anzurichten. Heute hatte er keine Kronen und deshalb bezahlte er in Euro, weil er mal nett sein wollte.

Als er bezahlt hatte, zündete er sich erstmal eine an und nahm ein paar kräftige Lungenzüge. Hui, die waren aber echt stark. Dem Hai traten die Tränen in die Augen. Aber er durfte sowas nicht zugeben. Dann warf er noch zweihundert Euro am Spielautomaten raus und sprang wieder ins Wasser.

Ich war mittlerweile etwas sauer auf das blöde Meer und den Hai. Das Meer war irgendwie total das Arschloch. Ich wäre nämlich beinahe abgesoffen. Da sah ich in der Dunkelheit das Glühen einer Zigarette und schon bald darauf vernahm ich das Husten des Hais.

„Wo warst du so lange, weiser Hai?" rief ich.

Der Hai reichte mir 'nen paar Zichten und ich rauchte erstmal für 'ne Viertelstunde. Dann fragte ich den Hai, ob er mich mitnehmen könnte.

„Klar!" sagte der Hai. „Nur wohin?"

„Ich will wohin, wo man es sich richtig gemütlich machen kann und nicht andauernd von Arschlöchern angelabert wird", träumte ich vor mich hin.

Der Hai hatte das etwas falsch verstanden und wollte mich gerade umbringen, als ich rief: „Hey, nein, ich will nicht in den Himmel. Ich will noch 'nen bisschen leben."

„Halt's Maul", rief der Hai.

„Mann, du machst mich echt krank! Hast du nur die Gewaltschiene drauf?“ schrie ich.

Der Hai hatte noch nie drüber nachgedacht und sagte er müsse sich das mal aufschreiben.

„Also, ich will nach Kuba“, sagte ich.

Der Hai meinte: „Klare Sache, ich wollte da sowieso noch Zigarren kaufen. Also, halt dich an meiner charakteristischen Rückenflosse fest und wir schwimmen in Richtung Sonnenuntergang.“

„Danke, Hai“, freute ich mich. „Du bist echt ein guter Kumpel. Ich schlaf dann mal 'nen bisschen.“

Der Hai war einverstanden. Es war ein Abend, an dem der Hai und ich nicht ganz so sauer waren.

Der Morgen war total schön. Das Wasser war spiegelglatt. Die Sonne ging vor uns auf und färbte den sonst blauen Ozean orangerot.

Ich war ziemlich gut drauf.

Der Hai schwamm bis zu einem kleinen Fischerdorf und setzte mich im seichten Wasser ab. Ich war froh, einen so netten Freund gefunden zu haben. Mit Tränen in den Augen verabschiedeten wir uns.

Ich stapfte durch das Wasser und ging die Düne hinauf zum Dorf. Es war ein ziemlich verrauchter Ort.

Total besoffen torkelte ich auf das Polizeifahrzeug zu. Ich hatte ein Blackout von den letzten sieben Stunden. Ich hätte wohl nicht so viel Reiswein auf nüchternen Magen trinken dürfen. Aber immerhin spürte ich die Fußtritte der Bullen dann nicht so. Einer trat mir voll in die Fresse, aber alles war schon so taub, dass ich total lachen musste. Ich wurde in das Fahrzeug geworfen und kam in eine karge Ausnüchterungszelle mit 'nen paar anderen Gefangenen.

Als ich aus meinem Rausch aufwachte, hatte ich keinen Kater. Es ging mir sogar sehr gut.

„Hey! Arschloch, du hast drei Tage geschlafen“, rief eine total kaputte Gestalt aus der Ecke des Gefängnisraumes, der total überfüllt war und nach Pipi und Aa stank.

„Halt's Maul“, rief ich zurück.

Als erstes trommelte ich gegen die Gefängnistür. Da wurden die Wachen sauer und verkauften mich an Sklaventreiber. Da musste ich ganz schön leiden, aber irgendwann konnte ich entkommen.

Ich wachte in einer Oase auf und war rattensauer. Mein Wasservorrat, war für's Rasieren draufgegangen und ich hatte nichts mehr zu trinken. Aber mir war das zu blöd, immer sauer zu sein und deshalb wurde ich total trotzig und ging ohne Wasser einfach in die Wüste los. Das Leben würde schon sehen, was es davon hätte.

Nach ein paar Stunden war es circa fünfzig Grad im Schatten. Nur leider gab es keinen Schatten und deshalb war es noch heißer.

Da sah ich schon die ersten Geier am Himmel. Ich lernte die später besser kennen und sie erzählten mir, dass sie in einer Deathmetalband spielten. Ich fragte, ob ich mal 'nen Tape von ihnen haben könnte. Aber sie sagten, dass sie nur auf lokalen Partys bei Scheichs und so spielten. Ich verstand das.

Die Geier hatten alle dunkle Brillen auf und liehen mir was von ihrem Sonnenöl. Ich trank die halbe Flasche. Danach ging es mir ein wenig besser und ich war nicht mehr so trotzig. Aber jetzt wurden die Geier auf einmal missmutig und sagten, sie seien nicht hierhingekommen, um mit mir zu labern, sondern um mich zu fressen. Ich ignorierte das und fragte, ob sie Karten dabeihätten, damit wir uns die Zeit mit Mau-Mau vertreiben konnten. Da wurden sie Geier echt sauer und schlugen mich klein und blutig. Sie ließen mich so liegen.

Als die Sonne unterging, kam einer von ihnen reumütig zurück. Er sah etwas wie ein Junky aus und fing auch gleich an zu fixen. Ich hielt ihm das Feuerzeug.

Er sagte: „Ey! Moment! Die ganze Scheiße tut mir echt leid. Ich kann die Typen sowieso nicht ab, aber ich häng halt mit denen so rum. Ich würde am liebsten mal verreisen, aber sie lassen mich nicht, weil ich der beste Drummer bin. Kacke.“

Meine Zunge war von der Schlägerei etwas geschwollen, aber ich unterstützte ihn, indem ich sagte: „Lass uns zusammen abhauen."

„Lass nach Malaysia."

Ich sagte: „OK."

Wir bemerkten auf einmal eine Hafenstadt. Ich hatte sie schon vorher gesehen, aber geglaubt, dass es eine Fata Morgana sei. Nun, wie auch immer, wir gingen geschwind dahin.

„Lass in die Kneipe, sieht gut aus", sagte der Geier.

Ich sagte: „Wir können ja mal sehen."

Also gingen wir in die Spelunke rein. Wir tranken bis zum frühen Morgen, rauchten noch 'nen fetten Johny zum Abschluss und machten uns dann auf, einen Job zu suchen. Der Hafenmeister, war selber noch dicht. Er sagte, wir sollten uns verpissen oder doch vielleicht vorher hier eben noch unterschreiben. Das sei was gegen Atomtests. Klar machten wir das.

Dann musste der Geier reihern. Ihm war das peinlich und er fing an zu heulen und sagte, ich sollte es keinem Erzählen.

Dann pennten wir total stramm am Bahnhof ein.

Der nächste Morgen war ein Fest.

Meine Augen waren blutunterlaufen und quollen aus dem Kopf, wie zwei Presswürste.

Mein Mund war voll von so 'nem Zeug, dass zu gewissen Anteilen aus Kotze, Schleim, geronnenem Speichel und Galle bestand.

Mein Hals schmerzte, von den Magensäften, die er im Laufe der Nacht kennengelernt hatte.

Doch die Krone der Qualen war mein Kopf. Jeder Lichtstrahl und jeder kleinste Laut entfesselten solche Schmerzen, die ungefähr der Pein gleichkommen, die jemand mit akutem Rheuma erleiden muss, wenn er gerade in brennender Säure liegend von Ratten aufgefressen wird, die ihm die Eingeweide rausreißen, und er ganz langsam von einer Dampfwalze überrollt wird, während 10 000 Volt durch seinen Körper gejagt werden.

Außerdem war mir schwindelig.

Der Geier war leider gestorben.

„Scheiße!" schrie ich und trat so lange auf die Sau ein, bis er doch noch aufwachte.

„Hey! Wie geht's?" fragte ich.

Der Geier musste erstmal reihern. Dann sagte er brüsk:

„Ich habe Hunger."

„OK", sagte ich. „Lass uns den Automaten knacken. Die haben 'ne Menge leckerer Sachen."

„Nee", sagte der Geier. „Auf so 'ne Krimikacke steh ich nicht."

„OK", sagte ich. „Dann muss ich wohl was kaufen."

Ich ging in den Laden und kaufte zwei Big-Picknick-Menüs und kam damit zurück. Wir labten uns an den Sachen.

Gerade, als ich den letzten Bissen gegessen hatte, kamen so Typen auf uns zu, die verdächtig nach Fremdenlegion aussahen.

„Hey, ihr Kröten! Ihr habt 'nen Griff ins Klo gemacht", sagte der eine von den beiden.

Der Geier war wohl noch ein bisschen dicht. Auf jeden Fall schrie er: „Haut ab ihr Clowngeburten! Wir haben hier gerade einen verdammt schweren Morgen. Oder muss ich euch Beine machen?"

Die beiden lachten herzlich. Es war ein warmes, freundliches Lachen. Aber es war auch ein gestelltes Lachen und es war vor allen Dingen ein Lachen, bei dem man bis in den Magen der Typen gucken konnte. Und wenn die echt so'n Zeug fraßen, mussten sie verdammt hart sein.

Also machten wir uns auf die Socken und rannten wie wild weg. Doch die Typen hatten uns schon nach wenigen Millimetern gepackt. Wir kamen in Holzkisten und wurden nach Algerien in die Wüste verfrachtet. Unterwegs konnte ich mich nur mit den Spinnen und Würmern in meiner Kiste unterhalten. Die waren echt gut drauf, auch wenn sie alle Kommunisten waren. Sie brachten mir Skat bei und hatten immer was zu trinken. Die staunten ganz schön wie viel ich von dem Spinnetaler vertragen konnte.

Eines Tages dann wurde die Kiste geöffnet. Die einfallenden Sonnenstrahlen taten meinen Augen weh und ich wusste, dass nun die härteste Zeit meines Lebens beginnen würde. Ich verabschiedete mich von meinen neuen Freunden und stieg aus der Kiste in eine ungewisse Gefangenschaft.

Der Geier war leider wieder gestorben, aber die alte Methode bewährte sich aufs Neue. Die Fremdenlegionäre staunten und fragten, ob ich das auch mal bei einem von ihnen machen könnte.

Ich sagte barsch: „Klar!"

Dann fing meine dreijährige Ausbildung an.

Als erstes musste ich ein halbes Jahr Klos putzen, dann musste ich ein halbes Jahr Wäsche waschen, später ein halbes Jahr Kartoffeln schälen und dann ein halbes Jahr fegen. Das war eine richtig tolle Strategie der Ausbilder. Sie wollten unseren Willen brechen. Meinen hatten sie eigentlich schon nach ein paar Stunden am ersten Tag gebrochen, aber sie machten vorsichtshalber noch zwei Jahre weiter.

Dann zeigten sie mir, wie man schießt und wie man mit Messern tötet. Mir wurde gezeigt, wie ich Minen anbringe und wie man aus Schreibutensilien Waffen baut. Ich wurde in Nahkampf und in Fernkampf ausgebildet. Auch Giftgas, Milzbrandbomben und Uran gehörten zum Unterricht.

Als ich eines Tages nachfragte, ob ich vielleicht nicht doch verweigern könnte, lachten sie zuerst, schlugen mich fröhlich zusammen und sagten dann, dass heute meine Ausbildung abgeschlossen sei. Der Geier war oft sehr unhöflich gewesen oder vielleicht hatte er doch nur einen festeren Willen. Auf jeden Fall hatte er die meiste Zeit im Bau verbracht. Er war völlig abgemagert. Wir wurden beide entlassen und dann war es wie am Geburtstag:

Wir bekamen schicke Uniformen und Anstecker. Das war echt nicht schlecht.

Hier endet der Epos.

INSEKTENSTRASSE 13

Als Karl Heinz an diesem Morgen in die Küche kam, saßen am Tisch zwei alte Frauen und starrten ihn an. Das war das Schlimmste, was er sich hatte vorstellen können. Miesgelaunt ignorierte er sie und goss sich ein großes Glas Milch ein. Hunger hatte er kaum, aber er setzte sich trotzdem zwei Eier auf und drückte zwei Scheiben Brot in den Toaster.

„Ich habe einen Seitenausgang", sagte die größere der beiden Frauen zu Karl Heinz, als dieser sich Milch nachgoss.

„Schön für dich", antwortete Karl Heinz.

In diesem Moment kam seine Mutter in die Küche. Seit Jahren bestand eine Fehde zwischen ihm und seinen Eltern und sie hatten lange Zeit kein Wort gesprochen. Deshalb war er auch sehr erstaunt, als sein Mutter plötzlich sagte: „Hör mal, Junge. Die beiden alten Damen brauchen deine Hilfe. Das ist doch dein Job, oder? Ich meine, anderen Leute zu helfen..."

Karl Heinz sah seine Mutter nicht an. Er schmierte sich Butter auf den Toast.

„Wenn sie mit der Kohle überkommen, können wir uns mal unterhalten."

Die Eier waren fertig und er nahm die Topf vom Herd, stellte ihn in die Spüle und ließ das kalte Wasser reinlaufen.

„Jetzt sei doch nicht so", sagte seine Mutter.

„Jetzt sei doch nicht so? Jetzt sei doch nicht so? Ich glaub, ich spinne! Seit Jahren werden mir hier alle möglichen Steine in den Weg gelegt und versucht, mich, wo es nur geht, zu schneiden und jetzt soll ich euch helfen?" empörte sich Karl Heinz und starrte seine Mutter böse an.

„Es geht doch nicht um uns, Junge. Hier brauchen zwei alte, bedürftige Damen deine Hilfe", erklärte ihm seine Mutter.

„Die brauchen ganz andere Hilfe, die beiden", erwiderte Karl Heinz und blickte zu ihnen rüber.

„Ich hab einen Seitenausgang", sagte die mit dem Seitenausgang.

„Siehst du, was ich meine?" fragte er seine Mutter.

„Sie sind nicht verrückt, vielleicht etwas alt, aber nicht verrückt", flüsterte sie zurück.

„Und wer soll mich bezahlen? Nach der Operation für den Seitenausgang haben die bestimmt kein Geld mehr."

„Wir werden das machen. Wieviel nimmst du?"

„Fünfzig Tacken die Stunde."

„Was? Na gut, wir geben dir dreißig."

„Vierzig!"

„Fünfunddreißig!"

„Ok, um was geht's?"

„Das sollen sie dir selber erzählen. Fahr sie nach Hause und sie werden dir alles erklären", sagte Karl Heinz' Mutter.

„Ich hoffe, die hat den Seitenausgang fest verschraubt", sagte Karl Heinz und machte sich über sein zweites Ei-Brot her.

Auf der Fahrt zum Haus der beiden alten Frauen machte sich Karl Heinz Gedanken über den Seitenausgang. Einige Zeit überlegte er, ob er sich bei der Expertin für solche Fragen erkundigen sollte, da rief die eine plötzlich: „Da vorne rechts!"

„Ja, ja, schon gut. Ich kenn den Weg!" rief Karl Heinz und blickte genervt in den Rückspiegel. Da saßen die beiden und starrten ihn an, als ob sie noch nie einen normalen Menschen gesehen hätten.

Die alten Frauen wohnten in einer kaputten Bruchbude in einem kleinen Wald. Das Haus gehörte zu einer Anzahl von Gebäuden eines ehemaligen Bauernhofes, doch bis auf das bewohnte waren alle anderen verfallen.

Von dem Geld, das er bei seinem letzten Fall verdient hatte, hatte sich Karl Heinz einen Volvo 740 GLE gekauft. Mit diesem Prachtauto schaukelte er nun über den Waldweg. Um die Alten etwas zu ärgern, gab er kurz vor ihrem Haus Vollgas, pflügte den Waldboden um und kam dann schleudernd vor der Haustür zum Stehen. Die beiden Omas schienen von der Aktion nicht beeindruckt zu sein. Sie stiegen aus und schlossen die Tür ihres Hauses auf. Karl Heinz folgte ihnen ins Innere. Ziemlich muffig roch es dort. Karl Heinz versuchte nichts anzufassen, um sich keine Krankheiten zu holen. Langsam fragte er sich, wie die beiden ihm irgendwas erklären sollten. Sie hatten bis jetzt drei Sätze geredet und zwei Drittel davon hatten sich um das Thema Seitenausgänge gedreht. Dann ging eine Verwandlung mit den Omas vor sich. Im Mief des Hauses schienen sie irgendwie aufzudrehen. Sie bewegten sich plötzlich schneller und sahen auch nicht mehr so klapperig aus. Karl Heinz kam schon Vermutung, dass sich Pilze hier angesiedelt hatten und das Duo mit seiner täglichen Dosis an halluzinogenen Sporen versorgte.

„Äh, machst du dann mal den Tee, Liesel? Oder was trinken Sie?" fragte die mit dem Seitenausgang plötzlich. Der letzte Teil war an Karl Heinz gerichtete, der froh war, dass die ohne Spezialausgang den Tee machen sollte.

„Wenn's kein Pilztee ist", sagte Karl Heinz scherzhaft. Doch die beiden hatten nicht verstanden. Sie warfen ihm einen komischen Blick zu, während er sich auf dem staubigen Sofa niederließ. Die eine verschwand wohl in der Küche, die andere kramte Kekse aus dem Schrank.

„Könnten Sie nicht vielleicht den Tee machen und Ihre Freundin kramt die Kekse raus?" fragte Karl Heinz, der aus hygienischen Gründen die Rollen der beiden Frauen nun doch gerne anders verteilt gesehen hätte.

„Nö!" sagte die knapp und knallte vor ihm eine Portion Süßigkeiten auf den Tisch.

Dann kam die andere Oma mit dem Tee rein. Sie saßen ein Weile zu dritt rum und sagten nichts. Karl Heinz wurde langsam zappelig. Er hätte gerne etwas von den Keksen probiert, aber ihm war das alles hier nicht geheuer. Ungeniert nahm er seinen Flachmann raus und goss sich davon etwas in die Tasse mit Tee.

„So, vielleicht hätten Sie jetzt die Güte, mir zu sagen, worum es eigentlich geht?" sagte er und blickte die Omas an.

„Es ist so, äh...", sagte die, die den Tee gemacht hatte.

„Hier gehen komische Sachen vor sich und wir haben Angst", sagte die andere, die offenbar die energischere der beiden war.

„Was denn für Sachen?" fragte Karl Heinz. „Die ganze Welt ist voller komischer Sachen und deshalb braucht noch lange keiner ´nen Detektiv."

Die Omas schauten sich an. Dann begann die mit dem Seitenausgang wieder zu reden: „Es ist ein Mord geschehen", raunte sie.

Na bitte, dachte Karl Heinz, endlich mal ein vernünftiger Fall.

„Ein Mord, so so! Und wer ist ermordet worden?"

„Wir zeigen es Ihnen", sagten die beiden Alten und standen im Duett auf.

„Zeigen? Was soll das denn heißen, die Leiche etwa?“ Karl Heinz nahm jetzt gleich einen Schluck aus dem Flachmann. Gut, dass ich nur zwei Toast gegessen habe, dachte er.

„Und Sie haben nicht die Polizei gerufen?“ langsam wurde er misstrauisch. Vielleicht veranstalteten die ganz andere Sachen in diesem kleinen Horrorwald. Vielleicht machten die sich über ahnungslose Detektive her, die schließlich als Auswurf aus dem Seitenausgang endeten.

„Kommen Sie schon! Kommen Sie!“ rief ihm das Duo ungeduldig zu und schlurfte aus dem Raum.

Na, das kann ja noch heiter werden dachte Karl Heinz, als er aufstand. Im Hinausgehen griff er noch schnell nach einem Teelöffel. Besser als gar nichts, dachte er. Seine Schrotflinte hatte er ihm Auto.

Die beiden Alten waren schon durch die Haustür in den Wald gestiefelt. Karl Heinz folgte ihnen in gemessener Entfernung. Immer wieder nahm er einen Schluck aus seinem Flachmann. Er wollte sich endlich aus seiner Schläfrigkeit einen „klaren“ Kopf antrinken, um diesem Fall gewachsen zu sein. Plötzlich blieben sie stehen.

„Da liegt er!“ sagte die mit dem Ausgang.

Karl Heinz trat heran. Auf dem Boden lagen Fetzen von irgendwas, aber eine Leiche konnte er nicht sehen.

„Wer liegt da?“ fragte er genervt.

„Balduin“, sagten die Omas im Chor.

„Wer zum Teufel ist Balduin? Omas, erzählt mir hier keinen Müll, verstanden. Jetzt aber mal Tacheles, sonst bin ich in zehn Sekunden verschwunden."

Man sah den beiden an, dass sie nicht sich, sondern Karl Heinz für verrückt hielten. Vielleicht sind wir es auch alle drei, dacht der.

„Balduin ist unser Kater", sagte die mit dem Ausgang.

„War...", korrigierte die ohne.

„Ja, war unser Kater..." Man sah den beiden an, dass sie gleich anfangen würden zu heulen.

Karl Heinz beäugte die Fetzen auf dem Boden an. Das konnte wirklich zu einem Kater gehört haben.

„Und wie ist das passiert?" wollte er wissen.

„Das sollen sie doch gerade herausfinden...", sagte die mit Seitenausgang und schnäuzte in ein Taschentuch.

Na fantastisch, dachte der Detektiv. Erst Pferde, dann der Kater Balduin und nächste Woche das Kaninchen Fridolin, das einem zwölfjährigen Mädchen weggelaufen ist. So hab ich mir das vorgestellt.

„Ok, ok. Ich mach´s. Ich werde dem Mörder von Balduin finden. Und jetzt lassen Sie mich bitte alleine, ich muss den Tatort untersuchen."

Karl Heiz lag nun schon seit einer halben Stunde an einen Baum gelehnt in der Sonne, rauchte eine Zigarette nach der anderen und hatte seinen Flachmann bis auf einen kleinen Schluck ausgetrunken. So ließ sich dieser verkorkste Fall noch am besten bearbeiten, fand er. Die meiste Zeit träumte davon, wie er einen gefährlichen Serienmörder zur Strecke brachte und danach in der gesamten Republik als Spezialist gefragt wäre. Langsam sackte er von seinem Tagtraum in einen Schlummer über. Eine weitere halbe Stunde lag er so friedlich da. Plötzlich sprang er jedoch mit einem Schmerzensschrei auf die Beine. Er taumelte ein wenig hin und her und griff sich ans Genick. Etwas hatte ihn gebissen. Er bekam ein Insekt zu fassen und riss es mit einem zweiten Schrei von der Haut. Fassungslos starrte er die Wanze in seiner Hand an. Sie war ungewöhnlich groß und hatte ein überdimensionales Beißwerkzeug. Karl Heinz wusste nicht, was er tun sollte. Keine der Bestrafungen, die ihm einfielen, schienen ihm grausam genug. Mit einem erneuten Schrei ließ er die Wanze fallen. Sie hatte ihm in den Mittelfinger gebissen und ein Tropfen Blut lief ihm in die Handfläche. Karl Heinz trat wie eine Furie auf das Insekt ein, das versuchte sich unter den Blättern in Sicherheit zu bringen. Als nicht mal mehr Matsche übrig war, beruhigte sich der Detektiv langsam.

„Was war das denn für ′ne Scheiße?“ fragte er sich laut. „Bin ich hier im Märchenwald der Superinsekten gelandet?“

Karl Heinz konnte es nicht fassen. Er spürte, wie ihm ein wenig Blut in den Nacken lief.

„Sowas habe ich ja noch nie erlebt. Das könnte ja genauso ein Rattenbiss oder sonst was sein“, versuchte er eine Lösung zu finden. In diesem Moment hört er ein Rascheln und er drehte sich schnell in diese Richtung. Auf dem Waldboden kam in seine Richtung ein schwarzer Teppich angewalzt. Zuerst dachte Karl Heinz einen Moment daran, ob eventuell der Schnaps für ihn zu viel geworden sei oder die Pilzsporen aus der Hütte der Omas ihm einen Streich spielte, dann aber merkte er wieder den Schmerz im Nacken und wusste, dass der Teppich echt war. Es war ein Teppich aus Hunderten oder Tausenden von Wanzen, die ihm da entgegenkam. Im wahrsten Sinn des Wortes wie von der Tarantel gestochen schlug der Detektiv einen Haken und rannte zu seinem Auto. Aber der schwarze Teppich machte kehrt und folgte ihm.

Karl Heinz hatte die Tür aufgeschlossen, als ihm einfiel, dass die Omas noch im Haus waren. Einen Moment lang wollte er sie einfach zurücklassen, aber das würde nur wieder Ärger mit seinen Eltern geben: Seitenausgang hin oder her, die Omas mussten mit. Laut schreiend lief er auf das Haus zu. Die Insekten schlängelten sich bereits in dreißig Meter Entfernung durch das Laub. Karl Heinz klopfte verzweifelt an der Tür.

„Was ist denn los, junger Mann?" fragte die ohne Seitenausgang beim Öffnen.

„Keine Zeit für Fragen! Wo ist die andere Oma, wir müssen hier weg! Schnell!"

Karl Heinz blickte sich um: noch zwanzig Meter.

„Schnell jetzt, sonst lass ich euch hier verrecken!"

In diesem Moment kam die andere.

„Was passiert hier?“ wollte sie wissen.

Karl Heinz hatte die erste Oma an der Hand gepackt und zerrte sie hinter sich her.

„Kommen Sie schnell!“ rief er der anderen zu. Verstört folgte sie ihm. Der Abstand zu den Insekten schrumpfte weiter, wenn auch jetzt langsamer, da sie sich in Bewegung gesetzt hatten. Karl Heinz riss die hintere Tür des Autos auf. Er drückte die Oma, die er an der Hand hielt, so schnell wie möglich rein und zerrte die mit Seitenausgang auf die andere Seite. Als auch die verstaut war, schmiss er sich auf den Fahrersitz, kloppte den ersten Gang rein und gab so viel Gas wie schon lange nicht mehr. Im Rückspiegel sah er den schwarzen Teppich, der das Auto auf wenige Zentimeter verfehlt zu haben schien. Erst auf der Landstraße ging er wieder vom Gas.

Am Abend lag Karl Heinz auf seinem Bett, rauchte und trank Bier. Die einzige Lichtquelle in seinem Zimmern war der Bildschirm von seinem Commodore C64. Was ist kaputt in diesem Wald, dachte Karl Heinz, was ist da bloß los? Also erstmal die Fakten sammeln:

Zwei alte, halbirre Frauen (Schwestern wie er jetzt erfahren hatte) leben einsam in einem verkommenen Haus. Dann wird ihr Kater Balduin von irgendwas zerfetzt, so dass nur noch Fellstückchen übrigbleiben. Kurz danach wird der beauftragte Detektiv, er selber nämlich, von einer

Amok-Wanze angefallen, deren Tod eine Ganze Armee von den Dingern animiert, auf drei Menschen loszugehen.

„Das ergibt überhaupt keinen Sinn", sagte Karl Heinz laut. „Wir haben kein Atomkraftwerk hier, die Müllverbrennungsanlage wurde verhindert und sonst ist mir nichts von einem bekloppten Insektenzüchter bekannt, der solche Killerwanzen erschafft. Ich muss nochmal in den Wald. Die Lösung muss sich dort finden." Aber nicht mehr heute, dachte er. Er knackte eine weitere Dose Bier, schaltete mit der Fernbedienung seinen Fernseher an und war bald eingeschlafen.

Am nächsten Morgen hatte Karl Heinz einen Entschluss gefasst. Er schlich sich ohne Frühstück aus dem Haus, weil mit hoher Wahrscheinlichkeit die beiden alten Frauen in der Küche sitzen würden. Erst auf dem Hof ließ er die Reifen seines Wagens schlimmer als sonst durchdrehen und raste mit blendender Laune in Richtung Stadt. Karl Heinz hatte beschlossen einen Experten zu Rate zu ziehen, jemanden, der sich mit Insekten auskannte. Zum Glück stand noch eine alte Dose Bier in der Getränkehalterung, da musste er nicht wegen eines Frühstücks noch extra anhalten. Je eher die beiden alten Irren aus dem Haus kamen, desto besser. Das Bier schmeckte entsetzlich ranzig, es war bestimmt schon seit einigen Tagen im Auto. Einige Male hätte Karl Heinz fast anfangen müssen, sich zu übergeben, aber mit viel Würgen schaffte er es bis in die Stadt. Sieben

Bier ersetzen eine Mahlzeit, dachte er. Dann brauch ich jetzt noch sechs ein halb! Karl Heinz war sich jedoch nicht ganz sicher, ob sich dieser Spruch auch auf das Frühstück bezog.

Er versuchte, nicht im Straßenverkehr aufzufallen und hielt sich an fast alle Regeln, die er kannte. Endlich bog er quietschend auf den Parkplatz der Videothek ein. Drinnen war fast nichts los. Nur einige notgeile Opas drückten sich in der Pornoabteilung rum. Karl Heinz hatte seine eigene Theorie über die Pornoabteilung entwickelt. Anfangs war sie klein, versteckt in der hintersten Ecke, durch mehrere hohe Regale abgegrenzt und sehr unscheinbar. Mit den Jahren war sie gewachsen und gewachsen und jetzt machte sie schon fast die Hälfte der Videothek aus und man musste sich schon fast schämen, normale Filme auszuleihen.

„Tach Benni!" sagte Karl Heinz.

Hinter der Theke saß der Besitzer, rauchte, trank Kaffee und las Zeitung.

„Hey Kalle, altes Haus. Wie läuft es denn so im Gangstergewerbe? Mal wieder ′nen Huhn ermordet worden?" fragte er und grinste wie ein Wahnsinniger.

„Lass die dummen Sprüche, du Gerippe." Karl Heinz machte sich eine geistige Notiz, dass er hier mal nachts vorbeifahren müsste. „Ich brauch deine Hilfe, wenn du nicht schon genauso verblödet bist, wie die Opas in der Pornoabteilung!"

„Um was geht's, altes Haus?" grinste Benni über seinem Kaffee.

Karl Heinz räusperte sich.

„Du hast doch das meiste von dem Schund, den du hier verleihst, selber gesehen, oder?" fragte er vorsichtig.

„Alles!" sagte Benni stolz und zog das letzte bisschen Rauch aus seiner Zigarette.

„Naja, und gibt es darunter Insektenfilme?"

„Bist du jetzt unter die Biologen gegangen oder ist irgendwo eine Fliege umgebracht worden?" Benni konnte sich fast nicht mehr halten vor lauter Grinsen. Karl Heinz prüfte gedanklich die Möglichkeit, ihm die nächstbeste Videokassette in die Fresse zu schlagen. Dann entschloss er sich, erst die nötige Information einzuholen.

„Nein, du Idiot. Ich will was von dir wissen, kapiert?"

„Sag schon, Alter!"

„Ok, also in diesen Insektenfilmen... Ich meine, gibt es da welche, wo Insekten oder sowas in der Richtung Menschen angreifen?"

„Klar, massenhaft." Benni hatte schon wieder die nächste Zigarette im Mund.

„Und warum machen sie das?"

„Weil sie die Menschen hassen, weil die Menschen sie immer zertreten und vergiften und quälen und sowas."

Zum Glück hatte Benni aufgehört zu grinsen.

„Und wie machen die Menschen die Insekten hinterher fertig?“ fragte Karl Hein, der wusste, dass er auf der richtigen Spur war.

„Du musst die Königin finden. Wenn du die Königin hast und zermatscht, fallen die anderen meist von alleine tot um oder hauen ab oder sowas.“

„Wo ist denn die Königin immer?“

„Moment“, sagte Benni, „ich muss erst den Kunden bedienen.“

Ein Opa hatte sich einen Pornofilm rausgekramt und stand mit Schweiß auf der Stirn an der Kasse.

„Bis Morgen?“ fragte Benni.

„Äh... ja“, sagte der Typ.

„Du hast vielleicht ein paar Spitzenkunden“, sagte Karl Heinz, als der Typ rausgegangen war.

„Ist mir egal, solange sie meine Filme leihen.“

„Also, was ist jetzt mit der Königin, wo steckt die?“

„Die ist meistens riesig und fett und wird von den anderen Viechern ernährt und sowas. Die steckt irgendwo drin, keine Ahnung, ganz unten im Keller oder in irgendeinen Loch. Noch was, Karl Heinz? Du siehst doch, dass ich schon wieder Kundschaft habe.“

„Nein, danke, du kleiner Penner! Bis die Tage.“

Karl Heinz drehte sich um und ging nach draußen. Benni hatte ihm zwar geholfen, aber irgendwas würde er sich noch für ihn ausdenken.

Die Königin musste er also kriegen, dachte er auf dem Rückweg. An der Tankstelle hatte er sich Bier für´s Mittagessen gekauft und kam langsam auf Touren. Nur wie sollte er die Königin finden? Sie versteckte sich bestimmt im Haus der Omas. Aber er konnte da nicht rumspazieren mit den bissigen Wanzen auf den Fersen. Schnell fiel ihm die einzige sinnvolle Lösung ein: Er musste das ganze Haus abfackeln und entweder würden die Wanzen dann ihre Königin rausbringen oder alle würden verbrennen. Das schien ihm der beste Einfall zu sein, den er heute Nacht in die Tat umsetzen würde. Bis dahin konnte er noch in seine Lieblingskneipe fahren.

Wieder saß Karl Heinz im Auto. Es war Nacht und er hatte ziemlich einen sitzen. Hoffentlich halten sie mich nicht an, hoffentlich halten sie mich nicht an, dachte er die ganze Zeit. Im Kofferraum standen in einer Wanne an die zwanzig Molotowcocktails, die er wunderbar aus Heizöl und Benzin gemischt hatte. Um die Schultern trug er einen Patronengurt mit Schrotmunition. Außerdem hatte er sich einen derben Schutzanzug angezogen, der den Wanzen kaum Chancen zum Beißen lassen würde. Auch einen Imkerhut und einen alten Feuerwehrhelm hatte er dabei.

Es war ein dunstige Nacht, durch die die Scheinwerfer kaum hindurchdrangen. Oder vielleicht war es auch sein Tunnelblick, er wusste es nicht. Dann bog er auf den Waldweg ein und nach wenigen Metern hielt er den Wagen an.

Aus dem Kofferraum holte er acht Molotow-Cocktails, die er in einen Rucksack steckte. Die restlichen Flaschen kamen ins Gebüsch. Er setzte sich den Imkerhut mit hochgeklapptem Netz auf, darauf kam der Helm. Vorsichtig schlich er mit seiner Flinte in der Hand hinter einen Baum. Aus einer Tasche kramte er eine Zigarre, steckte sie in den Mund und zündete sie an. Anschließend knackte er noch eine Dose Bier, dann endlich konnte es losgehen.

Rasch lief er zum Haus der Alten, die gerade friedlich auf dem Bauernhof von Karl Heinz' Eltern schliefen. Am Wohnzimmerfenster angekommen, nahm er die ersten Flasche aus dem Rucksack. Er schüttelte sie gut durch, bis der Lappen nur so tropfte, dann hielt er seine Zigarre daran. Sofort entzündete sich der Lappen und brannte lichterloh. Karl Heinz konnte sich im Lichtschein umsehen. Voller Schreck sah er, dass die Scheibe von Innen schwarz von Insekten war. Sie schienen ihn von drinnen anzustarren. Der Detektiv trat einen Schritt zurück.

„Mit freundlichen Grüßen an die Königin!“ rief er. Dann warf er mit aller Kraft den Molli auf die Scheibe. Er brach durch das Glas. Drinnen platzte er in einer hellen Stichflamme mit einem Knall. Gleichzeitig hob ein Quieken an, das nur von den Insekten stammen konnte. Karl Heinz trank die Bierdose auf einen Zug aus, warf sie in den Wald und kramte den nächsten Molotow-Cocktail hervor. Drei weitere pfefferte er ins Wohnzimmer, aus dem schon Flammen nach draußen schlugen. Die anderen warf er durch die übrigen Fenster des Hauses. Alles brannte wie Zunder, bald würde der Dachstuhl in Flammen stehen. Karl Heinz rannte zurück zum Auto und holte die letzten Mollis. Er platzierte sich damit vor der Haustür, die schon fast vollständig verkohlt war.

Das Quieken von drinnen hob an und da schob sich ein schwarzer Teppich aus der Tür. Der Detektiv zielte mit dem nächsten Molli genau auf deren Spitze. Aber immer mehr schwarze Tierchen rollten über die brennenden, die Flut schien auch nicht von weiteren Mollis aufgehalten werden zu können. Karl Heinz rückte mit seinen Flaschen zurück, aber die Tiere schien sich nicht um ihn zu kümmern, sie waren offenbar mit etwas anderem beschäftigt. Dann erschien wie ein Schiff auf einem dunklen Fluss ein Gebilde, das die Tür schwankte. Zuerst erkannte Karl Heinz es nicht. Dann wurde ihm klar, dass das der Fernseher der Omas war. Die Scheibe vorne war geplatzt und im Feuerschein konnte man ein widerliches großes Insekt erkennen, das zwischen den Kabeln und Drähten saß und sich wand wie eine große Made.

„Die Königin“, sagte Karl Heinz. „Willkommen in meiner Welt!“

Er zielte mit dem Schrotgewehr genau auf den Fernseher und drückte ab. Die Ladung zersiebte das ganze Gerät, Kunststoff splitterte durch die Gegend und ein fürchterliches Quietschen hob an. Karl Heinz schoss wieder. Er lud nach, schoss, schoss, lud nach, schoss, schoss, lud nach, schoss. Dann warf er wie im Blutrausch alle Flaschen, die er übrig hatte auf die Trümmer. Lange schon war das Quietschen verebbt, als Feuerwehr und Polizei anrückten. Die Wanzen waren zum großen Teil verbrannt oder wieder zu einem normalen Leben zurückgekehrt. Die Polizei nahm Karl Heinz fest. Nach wenigen Tagen wurde er aber schon wegen Unzurechnungsfähigkeit zum Tatzeitpunkt entlassen, was später in eine Belohnung wegen besonderer Maßnahmen in der Seuchenbekämpfung umgewandelt wurde. Die einzige wirkliche Katastrophe war, dass die Omas auf dem Bauernhof von Karl Heinz Eltern ein neues zu Hause fanden.

Irgendjemand interviewte Karl Heinz in den folgenden Wochen.

„Wie konnte ein Wanze denn solche Ausmaße annehmen und auf die Idee kommen, Menschen anzugreifen?" fragte die Reporterin.

„Kein Wunder!" sagte Karl Heinz, „bei der Scheiße, die ihr den ganzen Tag sendet."

DER SPRACHAUSTAUSCH

Meine diabolische Seite lernte ich erst richtig während meiner Zeit in Spanien kennen. Ich hatte einen Zettel aufgehängt, auf dem stand, dass ich Leute für einen Sprachaustausch suchte. Es meldeten sich verschiedene Menschen und mit einigen traf ich mich längere Zeit, mit anderen weniger lang. Und es gab noch eine dritte Kategorie, von der ich nicht weiß, wie ich sie nennen soll. Irgendetwas in mir hatte beschlossen, diesem Kerl das Leben schwer zu machen. Ich ging ansonsten ganz normal meinen Beschäftigungen nach, aber von Zeit zu Zeit musste ich wie ein Roboter Dinge tun, die mir bis dahin fremd gewesen waren.

Ich will nicht viel vom Anfang des Ganzen erzählen, es war nur so, dass wir uns zwei oder drei Mal trafen und er danach sagte, er würde sich melden, was er natürlich nicht tat. Deshalb meldete ich mich. Einige Sachen wusste ich bereits über ihn und die waren mir sehr hilfreich, als ich eines Morgens an seiner Tür schellte. Wenn er da war, war er mir ausgeliefert, denn seine Eltern und sein Bruder waren gerade erst zur Arbeit gefahren und würden so schnell nicht wiederkommen. So dumm, wie er war, machte er mir sogar noch die Tür auf und sofort schmiss ich mich dagegen, so dass er sie ihm ins Gesicht schlug und er in den Flur fiel. Ich stand über ihm und kickte die Tür zu. Da er sich nicht bewegte, schleppte ich ihn in sein Zimmer und setzte ihn auf einen Stuhl. Mit Bettwäsche, die ich in einem Schrank gefunden hatte, fesselte ich ihn und brachte ihn anschließend mit ein paar Backpfeifen wieder ins Land der Lebenden.

„Hola!" sagte ich. „Wie geht´s?"

Er war noch wegen des Zusammenpralls mit der Tür verwirrt. Deshalb grinste er nur bescheuert und sagte:

„Was soll das denn sein? Lass die Scherze und bind mich los."

„Tut mir leid, dass ich mich lange nicht gemeldet habe, aber ich hatte so viel zu tun und deshalb bin ich heute Morgen extra vorbeigekommen, damit wir die versäumten Stunden der letzten Wochen nachholen können. Passt dir das?" sagte ich.

„Na klar. Kein Problem. Mach mich nur grad los, meine Hände schlafen schon ein und ich würde mir gerne das Blut aus dem Gesicht wischen..."

„Ich hab hier so ein Buch mitgebracht. Ich werde daraus vorlesen und du sagst mir, wenn ich etwas falsch ausgesprochen habe. Ok?"

Ohne auf die Antwort zu warten, fing ich an, vorzulesen. Ich hatte circa drei Stunden Sprachaustausch für die ausgefallene Zeit der letzten Wochen eingeplant. Ich sah kurz auf die Uhr. Es war neun, also konnte ich bis zwölf lesen.

Nach einer halben Stunde wurde mein Austauschpartner böse und schrie und zerrte, aber mit ein paar gezielten Schlägen konnte ich wieder ein Lächeln in sein Gesicht zaubern und ihn beruhigen. Als ich vom vielen Lesen müde wurde, holte ich mir aus dem Kühlschrank was zu essen und zu trinken, der Spanier bekam jedoch wegen seiner Ungehorsamkeit nichts. Um halb zwölf ließ ich ihn dann noch eine Weile lesen, aber ich hatte sehr schnell genug von dem Ganzen und wir sahen noch ein halbe Stunde fern, bevor ich ihm die Hände losband.

„Das hat bestimmt heute viel gebracht. Vielen Dank, dass du so geduldig zugehört hast. Wie verbleiben wir? Rufst du mich wieder an?“ fragte ich zum Schluss.

„Ja, äh, klar. Ich ruf dich wieder an. Mach´s gut.“

„Du willst mich doch nicht rausschmeißen. Sonst bleib ich nämlich noch ein Stündchen oder so... Nein, war ´nen Scherz, ich muss jetzt los. Also, du rufst mich, bis dann.“

Ich ging in den Flur, machte die Wohnungstür auf, grüßte nett ein paar Leute im Treppenhaus (Ach, der war ja soooooo nett der Deutsche! Und wie höflich!!) und bald war ich in der frischen Luft auf der Straße.

In der Wohnung würde es nun nicht mehr so leicht werden, ihn zu überraschen. Ich musste mir also etwas anderes ausdenken und da ich nicht wieder drei Wochen warten wollte, fand ich mich zu seinen Vorlesungen ein. Ich wartete stets vor der Tür auf ihn und obwohl er nun den

Beleidigten markierte, ging ich hinter ihm rein und setzte mich neben ihn. Manchmal stand er dann wieder auf, um sich umzusetzen, aber letztendlich erhielt ich immer einen Platz in seiner Nähe. Auf dem Weg nach dem Unterricht verfolgte ich ihn. Das Spiel machte großen Spaß. Ich fragte ihn dann nach Wechselgeld oder dem Weg, aber auch wenn er nicht antwortete, hörte ich stundenlang nicht auf, ihn zu überholen, anzurempeln, um eine Gefälligkeit zu bitten. Nur zwei Mal konnte er mir entwischen, den Rest der Zeit verfolgte ich ihn bis zu seiner Wohnung.

Eines Abends ging ich in meinem gewohnten 30 Meter Abstand meinem Austauschpartner her, der mit zwei Freunden auf dem Heimweg war. Auffällig häufig drehten sie sich um. Dann blieben sie stehen und die beiden Freunde kamen zu mir rüber. Ich setzte mich auch in Bewegung und bevor sie mit mir reden oder mich packen konnten, hatte der erste einen Schlag auf die Nase bekommen. Das setzte ihn für eine Weile außer Gefecht und ich konnte den zweiten mit einigen Tritten in den Bauch und ins Gesicht von meinen guten Absichten überzeugen. Der mit der gebrochenen Nase bekam noch einen Schlag in die Leber, dann wandte ich mich wieder dem Austausch-Spanier zu. Der war schon losgelaufen und hatte einen ganz schönen Vorsprung. Ich rannte wie ein Irrer. Alle Kraft, die ich in den Beinen hatte, wurde mobilisiert, um zu meinen verdienten Sprachübungen zu kommen. Da der andere eher ein langhaariger Gammler war, war ich bald so weit, ihn von hinten anzuspringen. Zu meinem Glück war er selbst in dunkle Gassen gerannt und so sah uns keiner, als ich ihn mit Hieben wieder zur Vernunft brachte.

„Wie läuft es denn so?"

Ich war mir der sprachlichen Ironie dieser Frage bewusst und sie beflügelte mich geradezu in meinem Willen heute extra viel Spanisch zu lernen.

„Loco. Eres totalmente loco", sagte er nur immer wieder.

„Das bedeutet wohl, dass es dir gut geht", sagte ich. „Dann wollen wir mal anfangen mit dem heutigen Programm. Ich hab einiges vorbereitet."

Ich zerrte den Armen auf die Beine und stieß ihn vor mir her. Lange mussten wir nicht gehen, da kamen wir an einen Rohbau. Im Keller fanden wir ein lauschiges Plätzchen. Ich richtete meine Taschenlampe auf ihn.

„Ich würde heute gerne mal Konjugation üben. Einverstanden?"

„Du irres, deutsches Schwein", sagte er nur.

„Dasselbe wolltest du mir auch vorschlagen? Das ist ja ein Ding! Wir werden also beide richtigen Spaß an der Sache haben."

Ich blätterte durch mein Wörterbuch. Dann hatte ich ein Verb gefunden, das mir gefiel und ich fing an zu konjugieren. Alle Personen, alle Zeiten, Indikativ, Konjunktiv, alles.

„Du verbesserst mich doch, wenn ich was falsch mache, oder?"

Um mich davon zu überzeugen, baute ich hin und wieder Fehler ein, deren Nichtbemerken ich mit Schlägen quittierte. Bald waren wir aber ein wunderbar eingespieltes Team. Als ich ungefähr hundert Verben komplett durchkonjugiert hatte, fing der Arme an zu wimmern. Er sagte immer wieder, dass er nicht mehr könne.

Ich sagte: „Die Hälfte haben wir schon. Ab jetzt geht´s nur noch Berg auf."

Leider ging es mit ihm nur noch Berg ab und bald konnten nicht mal mehr Schläge ihn aus seiner weinerlichen Stimmung helfen. So konjugierte ich zur Strafe noch einige Verben mehr und machte mich dann auf den Weg ins Bett. Es war mittlerweile reichlich spät geworden.

Einmal sah ich ihn danach noch - durch Zufall. Ich war in der Stadt unterwegs. In der letzten Woche hatte ich meinen Austausch nirgends auftreiben können. Er war nicht in die Uni gekommen und auch zu Haus meldete sich keiner am Telefon und die Fenster blieben abends dunkel. Ich hatte kein bestimmtes Ziel in der Stadt, ich wollte nur ein paar Sachen einkaufen. Da fuhr ein Bus an mir vorbei und ich sah zufällig hinein. Da sah ich ihn auf der hinteren Sitzbank. Ich hatte ihn an seinen lange Haare erkannt. Der Bus hielt an einer Haltestelle und ich erreichte ihn erst, als der Fahrer die Tür schon wieder zugemacht hatte. Doch ich hatte Glück, der Fahrer sah mich kommen und machte die Tür wieder auf. Mit meinem Fahrschein ging ich nach hinten und setzte mich eine Bank vor meinen Sprachenpartner. Ich nickte ihm freundlich zu. Der Arme saß weiß und zitternd auf seinem Platz und wusste nicht, was er machen sollte. Kaum hatte ich zwei Minuten gesessen fiel er mit einem Schrei über mich her. Er versuchte, mich zu erwürgen. Da ich ihm körperlich überlegen war, wartete ich erst bis der Bus angehalten war und alle die Eindeutigkeit der Situation erkannt hatten, dann trat ich ihm in die Eier. Ich traf leider nicht besonders gut, deshalb setzte ich mit einem Ellenbogenschlag gegen seine Rippen nach. Das half. Danach verpasste ich ihm einen gezielten Schlag auf den Solarplexus und beendete die ganze Sache mit einem schönen Haken zum Kinn. Danach sackte ich schauspielerisch gekonnt in mich zusammen, röchelte und setzte das mitleiderregendste Gesicht auf, das ich erzeugen konnte.

Schnell war die Polizei da und ich stellte die ganze Sache als rassistischen Akt der Ausländerfeindlichkeit und als Mordversuch hin. Der immer noch ohnmächtige Spanier wurde mit einem Krankenwagen abtransportiert.

Danach musste ich einmal auf der Polizeiwache vorbeikommen, wo ich nahe am Heulen die schreckliche Geschichte des armen Deutschen erzählte, der erst über einen Sprachaustausch in die Wohnung des Täters gelockt wird und dann von seinen Freunden auf offener Straße angegriffen wird und fast einem Mordanschlag im Bus zum Opfer fällt.

Meinen Sprachaustauschpartner sah ich nie wieder, obwohl ich alles versuchte, ihn nochmals aufzustöbern und das Spiel bis über die Schmerzgrenze hinaus zu treiben. Die Wohnung war nach zwei Wochen anderweitig vermietet und sein Platz in der Uni blieb leer.

DER TEUFEL BESUCHT EIN DORF

Anfang des vorletzten Jahrhunderts kam der Teufel in das Dorf, das zwischen Wald und Heide liegt. Er kam in der Gestalt eines reichen Kaufmanns und bezog in der ältesten Gaststätte des Ortes Quartier in einem Zimmer mit Blick auf die Kirche. Seit langem war ihm dieser mutige und gottesfürchtige Menschenschlag ein Ärgernis und auch der trotzige, alte Glockenturm der Kirche ragte aus dem Grün wie ein Dorn in die Weltsicht des Teufels.

Es war ein kalter Winter. Die Dörfler waren in warme Kleidung eingepackt, gingen aber ihren Aufgaben fröhlich nach, denn das gute westfälische Essen, die klare Luft und die Ruhe des Dorflebens taten ihnen gut. Trotz des Schnees kamen jeden Tag aus vielen der entlegenen Bauernhöfe Kutschen ins Dorf, wo man Einkäufe machen oder sich über die neusten Nachrichten austauschen konnte. Der Teufel saß missmutig an seinem Fenster und starrte auf den Dorfplatz, auf dem an diesem Tag Markt war. Ihm fiel einfach nichts ein, wie er diese Menschen verderben konnte. Ihn nervte besonders der örtliche Küster, der einen ganz widerlichen Charakterzug hatte: Er hatte keine Angst und sprach seinen Mitmenschen obendrein noch Mut zu. Die meisten im Dorf vertrauten ihm blindlings und hätten ihn lieber auf dem Stuhl des Bürgermeisters gesehen als beim Verteilen der Gesangsbücher in der Kirche. Aber der Küster war mit seinem einfachen Leben sehr zufrieden. Er konnte alle möglichen Geschichten erzählen, die er an Winterabenden in der alten Gaststätte des Dorfes zum Besten gab. Dazu trank er einige Bier und ein, zwei Korn, betrunken aber war er nie.

Der Teufel war sich sicher, dass, wenn er diesen Mann betrügen und vernichten könnte, wäre das Dorf von seinem unerträglichen Gottesglauben kuriert und würde sich wie bereits viele andere Dörfer mit Unruhe und Streit quälen. So beschloss er als erstes eine furchtbare Kälte zu schicken, um seinen Plan vorzubereiten.

Am Abend trat er aus seinem Zimmer. Er war vornehm schwarz gekleidet. Schon von der Galerie aus konnte er die donnernde Stimme des Küsters hören, der sich mit den anderen Gästen unterhielt. Ein gutes Dutzend weiterer Personen war anwesend.

Ein Feuer prasselte im Kamin und die Scheiben waren beschlagen. Die getäfelten Wände warfen die Wärme auf die Gäste zurück und nicht einmal den vielen Hirschköpfen schien es ungemütlich zu sein. Der Teufel schritt die Treppe hinunter und setzte sich an den Tisch im Schatten, der schon für sein Abendessen gerichtet war. Aufmerksam hörte er den Gesprächen zu, während er sich Wildbraten und Kartoffeln in den Mund schaufelte.

„Ich sage euch, mein Großvater kannte jemanden, der die Sprache der Tiere verstehen konnte", versuchte der Küster den anderen Anwesenden weiszumachen.

„Ach ja?" sagte ein gewaltig dicker Mann, der ganz rot im Gesicht war und offenbar schon einiges Bier intus hatte. „Und was sagen die so?"

„Was sie sagen?" der Küster schien sich erinnern zu wollen oder vielleicht musste er sich auch nur schnell etwas ausdenken. „Was sie sagen? Nun, das ist doch ganz klar. Die sagen die meiste Zeit: Wenn uns die Menschen doch nur verstehen könnten, würden sie nicht so viele Dummheiten begehen. Wir haben ihnen nämlich einiges von Gott zu berichten. Das sagen sie."

„Das glaub ich nicht", kam es aus dem Schatten.

Alle drehten sich zum Teufel um. Der hatte zu Ende gegessen und lehnte sich entspannt in seinem Stuhl zurück.

„Das glaube ich nicht", wiederholte er. „Was hätte Gott den Menschen schon zu sagen. Er hat doch alles in diesem Buch, wie heißt es noch mal... Ach ja: die Bibel, also, er hat doch alles in der Bibel aufgeschrieben. Was sollten denn dann noch ein paar dumme Tiere zu sagen haben?"

Es gab ein Gemurmel. Die meisten griffen zu ihren Gläsern, um nachzudenken oder um nicht nachzudenken.

Der Küster musterte den Fremden argwöhnisch. Dann griff er zu einem Standardspruch, der die meisten Dörfler auf seine Seite bringen würde.

„Hören sie, mein Herr. Wir sind gottesfürchtige Leute hier und mögen es nicht, wenn jemand an Gott zweifelt."

Das Gemurmel schwoll an und man konnte einzelne Kommentare wie: „Recht hat er!" und „Was mischt sich der denn ein?" oder „Glaubt der etwa nicht an Gott?" unterscheiden.

Der Teufel hatte aber schon viele Streitgespräche geführt und war ein gefährlicher Gegner.

„Aber, mein guter Herr. Nichts liegt mir ferner als an der Allmacht Gottes zu zweifeln. Ich selbst bin ein gläubiger Mensch und gerade aus diesem Grund versuche ich den Namen Gottes von allem Schmutz zu reinigen."

Wieder gab es Gemurmel. Der Küster merkte, dass er Boden verlor.

„Ja, es ist geradezu lästerlich, eine so absurde Geschichte für wahr zu halten. Gott hat stets seine Gebote nur den würdigsten Menschen übermittelt und nun plaudert er auf einmal mit den einfachsten Tieren. Das halte ich für eine lästerliche Lüge, die ich mit meinen bescheidenen Worten enttarnen wollte."

Die Anwesenden schlugen sich langsam auf die Seite des Fremden. Was der sagte, klang logisch und frommer als vieles, was der Küster je gesagt hatte. Alle Augen starrten nun auf eben diesen. Das Bier machte seine Gedanken langsam. Verzweifelt suchte er in seinem Kopf nach einer passenden Antwort. Er blickte zu dem Fremden herüber und konnte dessen rotglühenden Augen erkennen. Das schien ihm die Hoffnung, noch als Sieger aus diesem Gespräch hervorzugehen, vollends zu rauben. Langsam hob er sein Bier zum Mund. Er riss seinen Blick von dem Mann im Schatten und betrachtete das Feuer. Die hellen Flammen tanzten auf dem glühenden Holz. Sie erleuchteten etwas in ihm. Er schluckte energisch und stellte sein Glas geräuschvoll auf den Tresen.

„Das mag schon sein, mein guter Herr, aber ich habe ja auch noch nicht die ganze Geschichte erzählt. Bevor ich fortfahre, möchte ich jedoch gerne wissen, wem ich sie erzähle. Ich habe Sie Ihren Namen noch nicht erwähnen hören."

„Ich bin Handelsreisender italienischer Herkunft. Ich heiße Francisco, Francisco DiAbolo. Wie steht es nun mit Ihrer Geschichte? Ich und die werten Anwesenden warten voll Spannung."

Der Küster lehrte sein Bier. Er räusperte sich.

„Ich war zuerst nicht sicher, ob ich es erzählen sollte, aber nun scheint der Augenblick gekommen zu sein, zu zeigen, dass ich die volle Wahrheit gesagt habe."

Der Teufel lächelte. Wind dich da nur raus, du Wurm, dachte er. Auch die Dörfler schienen nicht mehr sicher zu sein, dass der Küster sein Bein aus dem Fettnäpfen ziehen konnte.

„Sie hatten ganz Recht, Herr DiAbolo," sagte der Küster. „Nur den würdigsten Menschen offenbart Gott seine Gesetze. Moses durch den brennenden Busch, anderen schickt er seine Engel und zu einem hat er mit der Stimme der Tiere gesprochen, denn der ihre Sprache verstehen konnte war niemand anderes...", er machte er dramatische Pause, um diesem Knüller das nötige Gewicht zu verleihen. „War niemand anderes als der heilige und würdige Bischof Prenzelberg."

Es gab fast einen Aufschrei in der Gaststätte. Diese Tatsache hätte den meisten jede mögliche und unmögliche Geschichte bewiesen.

„Dann muss es stimmen. Ich habe auch schon mal etwas Ähnliches vom Bischof Prenzelberg gehört", sagte der dicke, große Mann.

Die anderen stimmten ein und es gab ein Stimmengeschwirr. Die Gäste bedrängten den Küster mit Fragen. Der Fremde war vollkommen in Vergessenheit geraten. Seine Augen glühten in heißer Wut. Dann stand er langsam auf und ging die Treppe hinauf. Der Küster bemerkte das. Schadenfroh rief er: „Schon zu Bett, Herr DiAbolo?"

Der Teufel drehte sich um. Er blickte freundlich auf die Dörfler herunter.

„Ja, ich bin müde. Danke für ihre Gastfreundschaft. Ich bin froh, in einem so gottesfürchtigen Dorf gelandet zu sein."

In seiner Stimme gab es aber einen zischelnden Unterton, den man kaum hören konnte. Diese Stimme sagte etwas anderes: Es wird Zeit, Küster, dass ich dir ein Ende bereite.

Später verabschiedete sich der Küster lautstark und trat warm eingepackt in die Kälte vor der Kneipe. Einen Moment blieb er vor der schimmernden Schneedecke stehen. Er atmete tief durch, um wieder einen klaren Kopf zu bekommen. Das Bier und der Rauch hatten ihn sehr benommen gemacht. Insgesamt war er aber zufrieden, er hatte seine Position als Geschichtenerzähler erfolgreich verteidigen können. Über ihm glitzerten die Sterne weiß-bläulich und weil es damals noch nicht viele Lichter gab, waren wesentlich mehr leuchtende Punkte am Himmel als heute.

Der Küster stampfte in den Schnee hinaus. Er wollte wie immer bei Nacht über den Friedhof nach Hause gehen. Das konnte er bei Gelegenheit den Leuten unter die Nase reiben und damit seine Kühnheit unterstreichen.

Der Friedhof lag damals neben der Kirche und da der Küster in einem kleinen Zimmer im nördlichen Seitenflügel wohnte, musste er keinen großen Umweg machen. Bald stand er vor dem verrosteten Eisentor. Er schob es auf und wegen der Kälte knarrte und knirschte es fürchterlich. Nach wenigen Schritten in der Dunkelheit hatte er den Grabstein des alten Pfarrers erreicht, mit dem er sich glänzend verstanden hatte. Bei ihm hatte er alles über die Kirche und das Dorf gelernt und sein Tod war ein großer Verlust für die Gemeinde gewesen. Einen Moment stand er in der klaren Kälte vor dem Grab. Gerade aber, als er sich zum Gehen wenden wollte, begann der Stein von innen zu glühen. Der Küster trat zurück. Angst hatte er keine, doch er war sehr erstaunt und wunderte sich, welcher Prüfung Gott ihn unterziehen würde. Das Leuchten erfüllte nun den gesamten Stein. In seiner Mitte erkannte der Küster Konturen eines Gesichts, das ihm bekannt vorkam und tatsächlich: Es war das Gesicht des alten Pfarrers. Der Küster fiel auf die Knie.

„Ihr seid zurückgekehrt, Herr?“ fragte er mit gesenktem Blick.

Als Antwort kam ein dumpfe Stimme wie aus weiter Entfernung.

„Ja, Gott hat mich geschickt, um die zu warnen, Küster. Er möchte unser Dorf von allem Bösen beschützen.“

Der Küster hob seinen Blick.

„Ist es dieser Herr DiAbolo, Herr?“

„Nein, Küster. Das ist ein rechtschaffender Mann, den man in Frieden lassen muss. Die Botschaft, die ich dir bringe, ist diese: Es wird eine Kälte kommen, die alle Vorstellungen übertrifft und mit ihr werden die Wölfe von Norden und Osten kommen. Alle Menschen des Dorfes sollen ihre Höfe und Häuser verlassen und sich in der Kirche versammeln. Wenn in der Nacht die Wölfe dann um die Kirche streichen, sollen alle Bürger nach draußen gehen. Damit sollen sie ihren Glauben beweisen und Gott wird sie beschützen.“

Der Küster wurde bei dieser Nachricht unruhig.

„Wann wird diese Kälte kommen?“ fragte er.

„Schon Morgen. Frage mich nicht mehr", sagte das Gesicht des Pfarrers und löste sich langsam auf. Nach und nach verschwand auch das Leuchten.

Der Küster kniete noch immer im Schnee. Dann sprang er auf die Beine und lief zur Kirche. Er öffnete die Tür zum Glockenturm und begann Sturm zu läuten, er musste diese Botschaft schnell unter den Dörflern verbreiten.

In der nächsten Nacht waren schon die meisten Einwohner in der Kirche versammelt. Die Bänke wurden an die Seite geräumt und Lagerstätten hergerichtete. Es wurden Holz, Kerzen, Decken, Lebensmittel und Waffen herbeigeschafft. Gegen Abend hatte es angefangen zu schneien. Immer dichter fielen die Flocken in einem eisigen, starken Nordwind.

Am nächsten Morgen hatten selbst die Kühnsten ihren Hof aufgegeben und trafen vor der Kirche ein. Sie hatten das Vieh in den Ställen verbarrikadiert und ihm alles Futter und Wasser gelassen, mit dem es einige Tage auskommen würden.

Der Schneesturm war mittlerweile so stark, dass man keine zehn Meter weit sehen konnte. Der Wind pfiff über die Kirche hinweg und rappelte an allem, was nicht angeschraubt war. Nun trafen die letzten Dörfler ein. Und noch jemand war da: Herr DiAbolo. Es schien ihm aber nicht besonders gut zu gehen. Er saß die ganze Zeit mit finsterer Miene an der Tür, murmelte vor sich hin und wurde hin und wieder von Krämpfen geschüttelt. Das war den Dörflern höchst suspekt. Hoffentlich hatte er keine Krankheit eingeschleppt, dachten sich viele und mieden ihn so gut es ging.

Die Kirche verfügte damals über einen Kamin, in dem ein Feuer prasselte. Auch viele Kerzen beleuchteten die Kinder und Mütter, Väter und Knechte und die alten Menschen, die sich in Decken hüllten. Mit Bänken war ein kleiner Teil abgegrenzt worden, in dem einige Kutschpferde ihr Quartier gefunden hatten.

In dieser Nacht konnte keiner schlafen. Der Wind wurde immer stärker und man konnte in der Kirche merken, wie mit jeder Stunde die Temperaturen fielen. Gegen Mitternacht begann dann der Schrecken: Wolfsstimmen tönten aus der Ferne. Die Männer sprangen auf und griffen sich ihre Mistgabeln. Schon bald schien das Heulen unter den Fenstern der Kirche anzusetzen.

Der Küster sprang auf eine Bank und rief den Leuten zu:

„Hört mich an. Ich habe alles dies vorausgesagt. Aber nicht aus mir selber kam diese Ahnung, sondern der alte, tote Pfarrer Debus hat es mir gesagt. Einige wollten mir nicht glauben und doch ist alles so eingetreten, wie ich gesagt habe. Viele wären schon nicht mehr am Leben, wenn sie sich nicht in die Kirche geflüchtet hätten. Deshalb habt jetzt Vertrauen und Glauben. Ihr wisst, was zu tun ist: Wir müssen nach draußen gehen und unser Glaube wird uns vor allem Übel schützen."

Die Menschen blickten sich niedergeschlagen an. Alle hatten Angst. Doch der Küster hatte recht: Er hatte es vorausgesagt, also musste die Sache gut gehen.

Nach und nach fanden sich alle an der Tür ein. Draußen heulten der Schneesturm und die Wölfe um die Wette. Der Küster entfernte den schweren Balken, der die Türflügel zusammenhielt. Neben ihm stand Herr DiAbolo, der von einem Bein auf das andere trat, als müsste er mal austreten. Und er war auch der erste, der aus der Kirche stürmte, als der Wind die Tür aufstieß. Das Heulen der Wölfe klang aus der Dunkelheit und der Schnee drängte sich in dichten Wolken in die Kirche.

„Es ist alles in Ordnung", rief Herr DiAbolo. „Kommt alle nach draußen, unser Glaube wird uns beschützen."

In diesem Moment griff der Küster die Türflügel und knallte sie kraftvoll zu. Mit einem Handgriff hatte er den Balken wieder an seinem Platz. Er hatte es keinen Augenblick zu früh getan, denn Sekunden später konnte man die Schreie von Herrn DiAbolo hören und wildes Geknurre und Gekratze an der Tür. Ein Raunen ging durch die Dörfler. Sie wichen zurück.

Noch einige Minuten ertöten die Schreie, dann wurde es still und nicht einmal das Wolfsheulen war noch zu hören.

„Wieso hast du ihn geopfert?" fragte der Dorfwirt mit zitternder Stimme.

„Ja, wisst ihr denn immer noch nicht, wer das gewesen ist?" rief der Küster mit lauter Stimme. „Es war der Teufel, der den Untergang unseres Dorfes geplant hatte."

Wieder ging ein Raunen durch die Menge.

„Er hat versucht, uns in die Falle zu locken, aber Gott sei Dank habe ich es früh genug gemerkt und ihn selber in seine Falle laufen lassen."

„Aber was ist mit dem Erscheinen des Pfarrers und allem, was er vorhergesagt hat?" wollte einer wissen.

„Zuerst habe ich es selber geglaubt. Aber dann ist mir klar geworden, dass es zwischen Glauben und Dummheit einen Unterschied gibt. So etwas hätte uns unser alter Pfarrer Debus nie befohlen."

„Wurde der Teufel denn jetzt getötet von den Wölfen?" fragte ein anderer.

„Der Teufel musste eine Gestalt aus Fleisch und Blut annehmen, um mit uns in die Kirche zu flüchten. Deshalb haben ihn seine eigenen Geschöpfe auch zerfleischt. Aber sie haben ihn nicht getötet, denn er war schließlich der Teufel. Doch wir haben ihm eine Lektion erteilt: Er muss sich vor diesem Dorf in Acht nehmen."

Da jubelten die Dörfler und tanzten und sangen die ganze Nacht.

Als sie am nächsten Morgen die Tür aufstießen, war fast aller Schnee geschmolzen, denn die Sonne schien. Es wurde Frühling.

DIESE KLEINEN RATTEN

Ich muss einen Mord beichten. Es ist nicht mal ein Mord aus edlen Motiven, den man mir verzeihen könnte. Ich habe ihn aus Versehen begangen und gerade das gibt der Angelegenheit ihre unangenehme Würze. Es ist keinem Menschen zu wünschen, das durchzumachen, was ich erlebt habe.

Zuerst lebten sie noch, die kleinen Ratten, beide. Genauer gesagt handelte es sich um Hunde. Sie gehörten (Vergangenheit - zumindest für einen!) der Tochter des Besitzers des Wohnheims, in dem ich in Spanien residierte.

Schon das erbärmliche Quieken dieser Biester trieb mir den Blutrausch in die Glieder. Das erste Mal, als ich ihren Anblick erdulden musste, dachte ich, ich hätte irgendwas im Auge. Doch alles Reiben half nicht und sie blieben da, wo sie waren und lebten auch noch.

Die beiden Hündchen fiepten vor sich hin, während sie mit ihren Krallen auf dem glatten Boden Halt suchend durch die Gegend tapsten. Sie schienen vollkommen ohne Orientierung zu sein, die ich zu diesem Zeitpunkt wegen der Unglaublichkeit der Situation auch schon zu verlieren begann. Die Tiere waren nicht größer als eine Zahnbürste, nicht länger als eine gefaltete Seite einer Zeitung und nicht dicker als eine Ratte. Sie hätten ohne Problem (alle beide) in jeden Mixer gepasst.

Zu ihrem Glück war ihr Fell von einem stupiden Schwarz, sonst wären sie wahrscheinlich schon in den ersten fünf Minuten ihres Lebens zertrampelt worden. So schlidderten sie auf den Fließen zwischen unseren Beinen hin und her und waren dazu verdammt, einen elenden und unwürdigen Eindruck zu machen. Immer wieder bekamen meine Beine merkwürdige Zuckungen in Richtung der beiden und ich wusste, dass hier mein gesunder Menschenverstand am Werk war, der versuchte eine unlogische Komponente aus dem Programm Leben zu entfernen.

Dazu quietscht es andauernd so erbarmungswürdig aus ihren Schnäuzchen, als ob sie sich bei allen Anwesenden für ihre Existenz entschuldigen wollten. Die Anwesenden schienen diese eindeutigen Signale jedoch keineswegs zu verstehen und riefen immer wieder die Namen der beiden Ratten, die zu allem Überfluss auch noch sowas wie „Tucki“ und „Mucki“ waren.

Ich stand inzwischen mit ungläubig offenem Mund herum. Als sich ein Migräneanfall meines Kopfes bemächtigte, entschuldigte ich mich und ging auf mein Zimmer. Lange lag ich in dieser Nacht wach auf meinem Bett und fragte mich, warum Gott mich einer so harten Prüfung unterzog.

Seither blieb ich immer in meinem Zimmer, wenn ich das Fiepen hörte, und so kamen wir eigentlich relativ gut miteinander aus, bis mir eines Tages der Rest gegeben wurde. Es war ziemlich kühl und ich war froh, endlich ins Warme zu kommen. Ich schellte, trat rein und sofort zog sich ein stechender Schmerz durch mein Rückgrat, der sich als eine reflexartige Reaktion auf die Laute der kleine Viecher entwickelt hatte. Und dann sah ich es: Augenscheinlich wegen der Kälte waren ihnen kleine rote Decken auf den Rücken geschnallt worden, die sie noch dämlicher aussehen ließen. Der rote Stoff lief über ihren Ärschen rund aus und mir kam es so vor, als strecke da jemand allem Schönen und allem mit Sinn Behafteten die Zunge des krankhaft Ideotischen heraus. In diesem Moment wusste ich, dass die Geschichte nicht gut ausgehen konnte.

Eines Tages kam ich vom Mittagessen in den Fernsehraum und hatte es ziemlich eilig, als ich eins von den Dingern auf dem Boden herumwuseln sah. Das brachte mich dazu, noch einen Schritt zuzulegen. Ich stürmte, ohne nach rechts oder links zu blicken in meinen Flur, knallte im Laufen die Tür hinter mir zu und... trat auf etwas Weiches. Im gleichen Moment ging ein lautes Quieken los. Reflexartig bückte ich mich nach unten und sah mir den Schaden an. Ich war doch tatsächlich auf eines dieser kleinen Viecher getreten und hatte ihm das Rückgrat und wer weiß was sonst noch gebrochen.

Da das Quieken nicht verebbte, musste ich handeln, denn sollte mich jemand jetzt überraschen, würde ich in weniger als fünf Minuten am nächsten Baum aufgeknüpft werden. Also hielt ich dem nun beschädigten Tierchen das Maul zu. Blut hatte ich keines hinterlassen und so trug ich es schnell in mein Zimmer. Dort kam es erstmal in den Schrank unter die alte Wäsche.

Nur keine Panik jetzt, dachte ich. Überleg, überleg, überleg, überleg. Herr Gott nochmal, was soll ich bloß machen?

Ich ging auf und ab und ab und auf. Ich musste die Sache vertuschen. Bis jetzt hatte ich das noch nie machen müssen, hatte also keine Erfahrung.

Da hörte ich es: Sie riefen schon nach dem Mistvieh. Jetzt bloß harmlos aussehen, dachte ich. Schnell riss ich mir den Pullover über den Kopf und als sie an meiner Tür klopften, hatte ich das Gesicht bereits voller Schaum und den Rasierer in der Hand. Ich öffnete und machte einen möglichst dämlichen Eindruck. Sie nahmen mir alles ab. Bis jetzt waren sie höchstens belustigt, wo denn der kleine „Tucki" (oder wie immer er auch hieß) geblieben war. Die Flurtür schnappte zu und im nächsten Augenblick war ich am Schrank. Das Quieken war nun verstummt. Die kleine Ratte war tot.

Das Rufen war immer lauter geworden und jetzt kamen sie wieder in meinen Flur. Ich muss, dachte ich, ich muss ihn... Nein, ich kann ihn doch nicht... ich kann ihn doch nicht der Toilette runterspülen. Als sich das Rufen wieder entfernte, fischte ich das Hündchen aus dem Wasser. In drei Portionen müsste er runtergehen.

Ich zog meine Sachen bis auf die Unterwäsche aus, trat in die Latschen, nahm Seife und Handtuch. Das Hündchen fischte ich aus dem Wasser und steckte es in eine Plastiktüte, die ich zusammenrollte und in das Handtuch steckte. Fast hätte ich das Wichtigste vergessen: Das Obstmesser, das mir meine Mutter mitgegeben hatte. Dann kannst du dir schön immer Äpfel schälen und bleibst gesund, hatte sie gesagt. Nun, jetzt würde ich mir damit mein Leben retten. Gut gerüstet trat ich auf den Flur. Überall wuselten Leute durch die Gegend.

„Habt ihr ihn gefunden?" rief ich ihnen möglichst laut zu.

„Bis jetzt nicht", kam die Antwort.

„Soll ich helfen?" fragte ich ernst.

„Dusch du mal ruhig erst."

„Habt ihr denn hier schon drin nachgesehen?" wollte ich wissen und deutete auf das Badezimmer.

„Da ist er nicht, du kannst ruhig duschen."

„Viel Glück!" rief ich und trat ein.

Drinnen wurde es wieder hektisch. Ich machte das Wasser in der Dusche an und ließ es laufen.

Du hast nicht ewig Zeit, dachte ich.

Ich wickelte den Körper in Klopapier, warf den Klumpen in die Toilette und zog dann ab.

Es rauschte und sprudelte und das Wasser färbte sich rot.

Scheiße! Das Wasser stieg und stieg, es war blutrot. Bevor es aber den Rand erreichte hatte, gab es ein erlösendes Rauschen. Die gesamte Brühe rauschte den Abfluss runter. Damit war ich ihn endlich los, diesen blöden Köter. Er hatte mir nichts als Ärger bereitet von dem ersten Augenblick an, in dem ich ihn gesehen hatte.

Ich spülte mehrmals nach und keine Spur des toten Hundes blieb zurück. Anschließend untersuchte ich das gesamte Badezimmer nach verräterischen Spuren. Ich hatte keine Beweise hinterlassen.

Endlich stellte ich mich unter die Dusche. Jetzt hatte ich mir eine Entspannung verdient.

OMI AUF ABWEGEN

Ich hatte mir gerade einen gebrauchten Volvo gekauft und war damit ziemlich viel unterwegs, um das Gefühl der Freiheit des eigenen Autos voll zu genießen. Mitten in der Stadt stand ich an einer Ampel, als plötzlich die Beifahrertür aufgerissen wurde und eine Oma einstieg. Sie sah nicht zu mir rüber, knallte nur die Tür zu und klammerte sich an den Türgriff.

Es war eine dieser Omis, die auch wirklich so ausgestattet sind. Diese hier war ein Prachtexemplar. Sie hatte einfach an alles gedacht: Die weißen Haare waren in einer Dauerwelle untergebracht, eine dicke Hornbrille drückte ihr die Nase platt, ein viel zu warmer brauner Kamelhaarmantel (oder was weiß ich, was das war) trieb ihr den Schweiß in die Falten. An den runzligen Fingern steckten etliche Ringe und mit denselben Fingern hielt sie ein braune Ledertasche fest, die sie mir jeden Moment über den Kopf ziehen konnte. Dennoch glaubte ich nicht, dass es eine von diesen marodierenden Omis war, die zu viel Beruhigungsmittel eingenommen hatten. Deshalb versuchte ich es auf die nette Tour.

„Was kann ich denn für dich tun, Mutti?" fragte ich. Ich bekam keine Antwort. Die Omi klammerte sich fest und starrte nach vorne. Hinter mir fing so ein Arsch an zu hupen. Es war grün und ich gab Gas. Nach einigen hundert Metern fuhr ich rechts ran.

„Jetzt sag mal bitte, was los ist", versuchte ich es erneut. „Kann ich irgendwas für dich tun? Es ist nämlich so, dass ich auf dem Weg nach Hause bin und da...", ich dachte nach, „da haben wir einfach keinen Platz für dich. Außerdem weiß ich nicht, zu wem du gehörst. Sag mir einfach deine Adresse und ich fahr dich dann da hin, einverstanden?"

Die Omi machte einen auf stur. Die einzige Reaktion, die sie bis jetzt gezeigt hatte, waren ein paar zusätzliche Tropfen Schweiß auf der Stirn, aber daraus konnte ich die Adresse nun wirklich nicht ablesen. Irgendwas blitzte hinter mir und, na toll, es waren die Bullen. Auch das noch, dachte ich. Wahrscheinlich komm ich jetzt wegen Entführung von alten Leuten in den Knast. Man kennt das ja aus Filmen, gleich schreit die Oma los, ich hätte sie entführt und wollte sie im Wald vergraben oder noch schlimmere Sachen. Es klopfte an die Scheibe und ich ließ sie runter.

„Was hab ich denn diesmal falsch gemacht?" fragte ich den Mann in Uniform.

„Hier können sie nicht stehenbleiben!" sagte er – für meinen Geschmack etwas zu barsch. Ich blickte zu meinem Fahrgast rüber. Bis jetzt war die erwartete Katastrophe nicht eingetreten.

„Entschuldigen Sie bitte, Herr Wachtmeister. Es ist nämlich so, dass meiner Omi hier...", meiner Omi?, dachte ich. „Ja, meiner Omi hier schlecht geworden ist und ich musste einfach kurz mal anhalten. Kommt nicht wieder vor, nächstes Mal lass ich sie einfach in den Wagen kotzen."

Der Beamte schien nicht besonders begeistert, aber wahrscheinlich hatte er schon längst Dienstschluss und deshalb sagte er:

„Na gut, aber beim nächsten Mal gibt´s kein Wenn und Aber mehr!"

„Wie Sie meinen und schönen Feierabend", sagte ich und setzte den Blinker. Dann fädelte ich mich in den Verkehr ein. Mittlerweile war es schon später geworden, als ich es eigentlich gerne gehabt hätte, und ich wurde dem Spiel mit der Omi überdrüssig.

„Eine Chance geb ich dir noch", sagte ich. „Wenn du mir jetzt die Adresse sagst, dann fahr ich dich nach Hause und sag keinem was davon, ok?"

Die Oma blieb stumm.

„Na gut", sagte ich zu meiner Beifahrerin gewandt. „Ich fahr jetzt nach Hause, wenn du hier die Zicke spielen willst, übernachtest du heute eben in der Garage, und zwar ohne Abendbrot."

Ich raste wie ein Irrer schlingernd nach Hause, aber das schien die Oma nicht zu stören. Nach einiger Zeit merkte ich sogar, dass der Schweiß auf ihrer Stirn verschwunden war. Na warte, dachte ich und schleuderte in die Garage. Normalerweise parkte ich zwar auf dem Wendehammer, aber wegen unser neugierigen Nachbarn, musste ich die menschliche Klette in der Garage verstecken.

Zuerst war ich noch ziemlich sauer und ließ die Alte einfach im Dunkeln sitzen. Ich aß Abendbrot und legte mich nach dem wirren Tag ziemlich früh ins Bett. Irgendwann kamen dann aber Gewissensbisse. Mit einem Teller heißer Suppe und zwei Wurststullen in der Hand taumelte ich wieder nach draußen. Die Omi saß an ihrem Platz wie festgeklebt. Ich stellte ihr die Sachen hin.

„So, du hast es zwar nicht verdient, aber hier hast du was zu essen. Ich bin ja schließlich kein Unmensch. Du kannst dir auch ein bisschen Licht machen oder Radio hören, aber nicht die ganze Nacht, hörst du, ich muss morgen früh zur Arbeit. Und dann möchte ich dich hier nicht mehr sehen, einverstanden?"

Ich wusste, dass sie mir keine Antwort geben würde. Ich machte die Garagentür wieder zu und fünf Minuten später lag ich als barmherziger Samariter schlafend im Bett.

Man braucht gar nicht lange raten: Die Omi war am nächsten Tag immer noch da. Das Essen war zwar weg, die alte Dame aber hatte ihre Klammerstellung wieder eingenommen. Ich beachtete sie gar nicht, stieg ein und machte, dass ich zur Arbeit kam. Als ich nach neun Stunden wieder meinen schönen Wagen aufschloss und sich immer noch eine Omi an die Beifahrertürinnenseite klammerte, da drehte ich durch.

Schreiend stieg ich in den Wagen ein. Der Tag war echt mies gewesen und das mit der Kletten-Oma hatte ich einfach nicht verdient.

„So jetzt werden wir 'ne kleine Spritztour machen. Das wird dir gefallen", bölkte ich die arme Frau an.

In zehn Minuten waren wir auf der Autobahn. Ich drehte das Radio bis zum Anschlag auf, ließ das Fenster auf der Beifahrerseite runter und gab Gas. Bei Tempo 190 prasselte der Omi Regen ins Gesicht.

„Das ist spitze, was?" schrie ich rüber. „Das wolltest du doch die ganze Zeit, oder? Du warst nur zu schüchtern, es zu sagen. Aber ich hab dich durchschaut. Die Tour machen wir jetzt so lange, bis du aussteigst."

Ich gab weiter Gas. Die Dauerwelle der Omi war nicht mehr zu erkennen. Doch die ältere Mitbürgerin klammerte sich an die Tür wie nie zuvor. Nach fast hundertfünfzig Kilometern gab ich auf.

Der Wagen war durchgeweicht, ich hatte mir bestimmt eine Erkältung geholt und das Benzin schien zur Neige zu gehen. Irgendwann ließ ich das Fenster hoch. Ich fuhr ab und drehte die Heizung auf. Schweigend fuhren wir den Weg zurück. Langsam wurde der Schimmel auf dem Kopf der Oma wieder zu Haaren und ich beruhigte mich.

Als wir nach einer ganze Weile in meine Straße einbogen, sagte ich: „Wieso eigentlich nicht. Alte Leute kann man immer zu was gebrauchen. Die können meinen Fischen von früher erzählen oder sich das Schlüsselbein brechen. Das bereichert den ganzen Haushalt. Du kommst gleich erstmal mit rein und dann essen wir Abendbrot und dann... äh gucken wir mal, wo du so bleiben kannst."

Kaum hatte ich die letzte Silber gesprochen, ließ die Oma los und setzte sich normal hin.

„Danke!" sagte sie. „Sie sind der Einzige, der mich versteht."

„Hat ´ne Weile gedauert", erwiderte ich.

„Macht nichts, die meisten verstehen es nie."

„Da lieg ich ja ganz gut im Rennen", sagte ich und dachte, vielleicht ist so ´ne Oma wirklich nicht so übel.

„Aber den Pfleger spiele ich nicht!" stellte ich energisch klar.

„Das sehen wir dann, wenn´s so weit ist", sagte meine neue Untermieterin. Irgendwie hatte ich das Gefühl, die Oma sitze am längeren Hebel.